自選 坂村真民詩集

Sakamura Shinmin
坂村真民

致知出版社

タンポポ堂庭前にて

装　丁——川上成夫＋川﨑稔子
装　画——利根白泉
編集協力——柏木孝之

自選　坂村真民詩集　目次

『自選　坂村真民詩集』と森信三先生の電報――新装版刊行に寄せて

坂村真民先生は、仏島四国において、毎日暁天《ぎょうてん》の空に祈りを捧げ、深海の真珠のような詩をこつこつと作り続けられました。昭和二十八年から毎年一冊自費出版で詩集を出し続けられ、昭和四十一年にそれらをまとめて、『自選　坂村真民詩集』が上梓《じょうし》されました。

「私が詩をつくるのは人間らしい人間として生きたいからだ」(『致知』二〇一四年四月号)と言われた真民先生の詩は、生きる為に苦しみ、涙する多くの人に愛され、まるでタンポポの種のように全国に弘まりました。詩集も累計十一万部を超えるに到りました。

その『自選　坂村真民詩集』が、この度致知出版社から装いを新たにして上梓されることとなりました。藤尾秀昭社長と昵懇《じっこん》であられた真民先生も、どんなにお慶びであろうかと察するに余りあります。

私は、まだ高校生の頃に、真民先生の本を読んで感動し、文通でご縁をいただきました。そして毎月詩誌『詩国』を送ってもらっていました。修行を終え住職を務めるようになってからは、寺の掲示板に毎月先生の詩を書いてきました。今では、多くの方々に生きる力を得てもらおうと、法話の度に真民詩を紹介しています。

時代が混迷すればするほど、一途《いちず》に生きた真民先生の詩は、なお一層人の心の支えになるでしょう。初めて世に出た『自選　坂村真民詩集』を手にされた森信三先生が、真民先生に打たれた電報の言葉を記して、新装版の前書きとさせていただきます。

「ホンツイタ　コレデニホンガ　スクワレル　モリ」

平成二十八年十一月吉日

臨済宗円覚寺派管長　横田南嶺

序　――坂村真民「自選詩集」に寄せて――

坂村真民氏はわが国現存の詩人の中では、わたくしが一ばん尊敬している詩人である。このことをわたくしは幾たびか口にし、また筆にもして来たのである。だが氏の詩業の真価が、真に国民一般に知られてその有となるのは、おそらくは氏が一片の骨となり、さらには一握《いちあく》の灰となってからであろうとは、氏に対するわたくしのかねてからの認識であり評価である。

ではそれは何故かというに、第一には、氏の詩境があまりにも高朗清澄であって、詩といえば生硬晦渋《せいこうかいじゅう》な用語の羅列でなければ、芸術的でないかに考えている一般の詩の愛好者たちには、それのもつ真の高さと深さとが容易に把握し難いからである。第二には、氏が終始地方に住せられて、東都を舞台とするいわゆる「詩壇《しだん》」と称せられる特殊圏域とは、全然無縁の道をあるいて来られたからである。さらに第三には、氏が宇和島というような一見文化とはほど遠いと思われる地で現世的には高校の一教師として、この世の「生」を生きてこられたからである。

だが、わたくしから見れば、氏を世俗的に高名ならしめることを妨げてきたこれらの諸条件こそ、じつは氏をしてまったく比類なき「国民詩人」たらしめんがために、「天」の為したまえる深き計らいだと思わずにはいられない。もし氏が東都を中心とするいわゆる「詩壇」の一員だったとしたら、たとえ氏のような卓越せる稟質を有する人でも、やはりその影響はまぬがれず、結局は詩壇という特殊圏域内に跼蹐《きょくせき》して、その詩はついに広く国民の有とはならなかったことであろう。そしてこのような消息は、かの「雲」に到るまでの山村暮鳥《ぼちょう》のあゆみを見れば、何人にも思ひ半ばに過ぎるものがあるであろう。というのも「雲」以前の暮鳥は、いわゆる詩壇の人であって、それらの詩は今日けっしてわれら国民の有とはいい難いことを思えば、這般《しゃはん》の消息は何人にも明らかなはずである。かくして氏が終生を一高校の教師として生きてこられたということはかの八木重吉《じゅうきち》が、師範や中学の教師などしつつ、その地上の「生」を果てたことと相通ずるものがあり、そこには「詩」の偉大さを知らないわれらの民族が、真の詩人を遇することの如何《いか》に酷薄《こくはく》なるかを、改めて思い知らされるわけである。

では、このように、いわば「天」の命じた道をあゆみつつ、齢還暦に近ずいて、ついに「国民詩人」ともいうべき境涯に達せられた氏の詩的系譜は、そもそも如何なるものといううべきであろうか。その点については一度も氏に伺ったことはないが、しかしわたくしの見解を率直に述べるとすれば、氏の詩魂は、何よりもまず明治以後不世出の詩人ともいうべき中勘助《なかかんすけ》の流風に養われつつ、ついで「雲」の著者暮鳥の新たなる形態における脱俗に学ぶと共に、さらに八木重吉における宗教的なものをも吸収して、ついに現在われわれの見るような「生」の最高形態における結晶にまで達せられたかと思うのである。

しかしながら氏を解するのに、単にこのような詩的系譜によって位置づけるということは、おそらくは氏に対して礼を失することとなるであろう。何となればわたくしの見るところ、氏の人と詩業とは、如上三人の詩人のいずれよりも偉大だからである。では何故わたくしは、このような断定を敢てするのであろうか。その点については、さし当ってわたくしは、次の三点を挙げたいと思うのである。その第一は、氏の詩業の根底には、氏のふかい大乗仏教への信がこれを支えているということであって、この点はかの宮沢賢治の童話その他の作品が、畢竟《ひっきょう》じてついに法華経精神の現代における再現であるのと、奇しくも相通じるものがあるであろう。随ってそこに如何なる素材が扱われていようと、氏の詩の一々の背後に、そのふかき大乗仏教的信を感知しえない人は、いまだ氏の詩業の真価を知るものとはいい難いであろう。

だが、この点については、さらに氏の詩業の第二の特質ともいうべきものを看過するわけにはゆくまい。それは何かというに、聞くところによれば、中共の対日放送において、詩としてもっとも多く放送せられるのは、他ならぬ氏の詩であって、いわゆるプロレタリヤ詩人のそれではないということである。同時にそこにこそわたくしは、氏において生きている大乗仏教の精神なるものが、単なる旧《ふる》き観念的諦念《ていねん》でなくして、つねに現代における人類最深の苦悩と切り結んでいることを知らしめられるわけである。実さい氏ほどにふかく人類が現在陥《お》ち入《い》っている深刻な苦悩に、同悲共感している詩人があるであろうか。

さらに第三に挙げたいことは、氏がこれまで公にせられた十数冊に上る詩集のいずれもが、点字訳になっているということであって、この一事だけをとってみても、明治以後われらの民族のいかなる詩人も、ついに氏の足許にも寄りつけまいと思うのである。たとえば光太郎、白秋《はくしゅう》、朔《さく》太郎などを始め、さらに前掲の勘助、暮鳥、重吉等々、比較的ひろく人々に周知せられているような詩人たちにしても、いわゆる点字訳になった詩集が、果して何冊あるといえるであろうか。たとえあったとしても、せいぜい一、二冊程度のものであろうが、それすら危いかも知れぬと思うほどである。では何ゆえ坂村氏の場合には、そのように十数冊にも上る全詩集が、かくも点字訳になっているのであろうか。この点についてはわたくしも、直接氏に訊《ただ》したことはないが、ひとつには氏自身が、かつて眼を煩われたために、つねに盲人の味方となっていられるせいもあろうが、同時に氏の周囲には、氏の人となりを敬慕《けいぼ》して、氏の志業を達成すべく、その労を惜しまずに奉仕する人々が少なからず存在するが故であろう。

以上わたくしは、坂村氏が中勘助、山村暮鳥、八木重吉というような、いわゆる「国民詩人」の流れに汲みつつ、しかも本質的には、それらの詩人の何れよりも偉大であることの一端を瞥見《べっけん》したわけであるが、しかもこのように真に「偉大」というほかない氏の詩業の内包している真価が、ひろく国民一般に識認せられるには、今後なおかなりな歳月を要すべく、結局は氏の死後という他ないかと思われる。それ故わたくしは、それに備えるために氏に対して、これまでの全詩集を一巻にまとめておかれることの必要を切言して、多少の労をとろうとしていた処《ところ》へ、はからずも神意は、岩野夫人を通して氏の上にはたらいたといってよく、まことにこの現代という時代において、「奇蹟」というコトバの意味するものが如何なるものであるかを、眼のあたり見るとの感が深い。かねてわたくしは、氏の詩業の真価が広く国民の有となるには、氏の没後三、五十年はかかるかと考えていたのであるが、今やこの「自選坂村真民詩集」の公刊により、おそらく二十年ほどの短縮が可能となるかと思うのである。もしそれ読者諸氏の共感と協力によって、それがさらに早められて、氏の生前にその微光の一端が窺えるとしたら、その慶びはひとり氏一人のためというよりも、むしろ民族そのものにとって一大幸慶というべきであろう。

昭和四十一年晩秋　千里ニュータウンの片隅にて

森　信三

六魚庵天国

悩みをつき抜けて歓喜に到れ

ベートーヴェン

題字　著者
絵　梨恵子（四才）
発行年　昭和二十六年四月
総数　三六
自選　十三（点訳）

六魚庵箴言

その一

狭くともいい
一すじであれ
どこまでも
掘りさげてゆけ
いつも澄んで
天の一角を
見つめろ

その二

貧しくとも
心はつねに高貴であれ
一輪の花にも
季節の心を知り
一片の雲にも
無辺の詩を抱き
一碗の米にも
労苦の恩を感じよう

その三

いじけるな
あるがままに
おのれの道を
素直に
一途に
歩け

六魚庵偈

死んでも
空の青さがあり
墓石なくとも
雲は
悠々の影を
おとしてゆく

日月星辰
また変るなし

六魚庵天国

悲しみを噛みしめて帰る六魚庵に
明るいあかりがともつている
煮たきの香いがながれている
こどものこえがひびいている
山羊がしきりに呼んでいる
六魚庵はやつぱり天国だ
さみしいわたしの安息所だ

六魚庵の徳利

父が逝いて三十三年
父をしのぶ何物も失われてしまつたが
ただ一つわたしが持つているものがある
それは一個の徳利である
父が天草にいた時もとめたという
天草焼の徳利である
わたしは今日もそれをかたむけ
かなしい思いで酒をすする
父はわたしのよわいで
この世を去つたが
その父のかなしみを
ひとりそそいで父をしのぶ
あゝ父はどんな時
この徳利をかたむけたであろうか
短かかつたが清らかであつた
父の一生よ
とくとくとつぎ
とくとくとのむ
酒のうまさよ
世のつらさよ
あゝ

とくとくと
むねにひびく
雨の音よ
この孤独よ

六魚庵どぶろくのうた

ひそかに妻がつくれるどぶろくの
ふつふつとして蟹のごと音をたつ
押入の奥の赤い甕に
生きて息するもののごとく
ふつふつとしてよき香をや放つ
あゝどぶろくはまことよきものかな
朝おきて一ぱい
夜いぬる時一ぱい
詩作につかれ
仕事につかれ
生き難き世に心にごる日

ひとりひそかに押入の中にはいりて
ふつふつの蟹のくりごと聴いてやりつつ
一つき二つきくみあげて
力だせよと飲むどぶろくの
ふつふつとしてわが身にやたぎる
生きてさびしきわが身にやもゆる

六魚庵日暮

私が漂うように
子供たちも漂う

私が流れるように
妻も流れてついてきた
そしてその土地土地で
子供を産んだ

梨恵子は朝鮮

佐代子は九州
真美子は四国

三人とも生れ故郷を知らぬ
子供たちだが
安心しきつて眠つている
ただわたしひとりを信じ力にして
ぐつすり妻も眠つている

六魚庵哀歌

1

悲しんで帰つてきた父を
とりかこんで迎える子らよ
父のかなしみを
生きてゆくために
どんなに苦しんでいたかを
いつかは知つてくれる時があろう

つめたくなつた飯を
ひとり食つていると
涙がにじんでくる
父ちゃんおそかつたね
父ちゃん何してたのと
かわるがわる尋ねる子らよ
慰めてくれるのはお前たちだけ
お前たちだけのために何もかも我慢して
明日もまた働こう
あゝどんなに非難されようとも
どんなに鞭うたれようとも
敢然と太刀打ちできる
強い人間になりたい
強くならねばならぬ
強くなるように祈らねばならぬ

2

かなしみは
わたしを強くする根

かなしみは
わたしを支えている幹
かなしみは
わたしを美しくする花
かなしみは
いつも枯らしてはならない
かなしみは
いつも湛《たた》えていなくてはならない
かなしみは
いつも噛みしめていなくてはならない

六魚庵某日

1

酔つていたのか
狂つていたのか
多分酔つて狂つていたのであろう
目を覚したときは雨が降つていた
いくとき眠つたであろうか
夜明けに近いことだけはわかつた
ただ一途に家へ帰りたかつた
帰つてひとり泣きたかつた
こころを失いつつあるおのれに
冷たい雨が降つてきた
冷たい雨は川にも音たてた
泥だらけになつた外套
泥だらけになつた服
帰つてからも激しく吐いた

2

酔つて動けなくなつたわたしのために
友は深夜
大八車を引いてきたそうな
二月のまだ寒い
港の町
車輪の音は

海に迫る山々に
なりひびいたそうな

引く友も酔つていた
酔うて車を引いてきた
絵をかく友の
美しい心に
車は款々《かんかん》と
こえをあげたそうな

六魚庵独語

水ごりでもしたい時がある
おのれのきたなさに
われながら厭わしくなる時がある
引揚げてきた日の覚悟が
消えてしまつたような時がある
暖かい心をもつて

正しい心をもつて
一生を貫いてゆくことを
明日の糧にも困りながら祈つた日の心が
体から抜けてしまつたような時がある
恐ろしいのは平凡、安定、妥協、安価な幸福
どんなに生きてもあと二十年
惜しまれるのは今日の一日
しかしあゝ今日も無為に暮れてしまつた
貧しさに生きよう
貧しさに慣れよう
この心を失つたとき生活にひびが入る
欲が人間を腐らせる
肉体を丈夫にすることだ
飲んだ時の興奮は正常なものではない
よい本を読め
よい本によつておのれを作れ
心に美しい火を燃やし
人生は尊かつたと叫ばしめよ

六魚庵懺悔

あまり叱られたあとなど
わたしは母の子であるかどうかを
随分疑つたものだつた
それから三十年
年をとるごとに
わたしの顔はいよいよ
母そつくりになる
どうやらわたしも
真人間になつてゆくようだ

六魚庵昭和二十五年の正月

五年ぶりに着物をきて
正月の膳に向つた
二十一年の正月は引揚げたばかりだつたし
二十二年の正月は生きてゆく事で懸命だつたし
二十三年の正月は病床の中で迎え送つたし
二十四年の正月は貰つた兵服をまだ着ていたし
五年ぶりに身につける着物の
あゝ何という感触よ
着るわたしよりも着せる妻よりも
見ている子供たちの嬉しい声うれしい瞳
膳の上にはおかしらづきの魚
数の子もよい色につかつている
狭い畑で作つた黒豆の甘煮
赤いにんじんの混つた小蕪の酢もの
鉢盛りにした煮しめ
いもの羊羹
わたしには合成酒だが一本つけてある
机を飯台にして
わたしの向うが妻と佐代子
わたしの横が梨恵子
わたしは真美子を抱いて
妻から一こん受ける
妻にも一こんついでやる

みんなおめでとうという
貧しいながらあ丶やつと
わたしたちが迎える
正月らしい正月である
外は冷たい雨でも落ちてきそうな空模様だが
わたしはきている着物の上から
もう一つの暖かいものが
涙ぐましいほどのほのぼのとしたものが
ひからびて消えてしまおうとしていた胸を
かるくあかるくつつんでくれるのを
からだ一ぱいに感じながら
活けてある迎春開花の
一枝の梅に目をやつた

六魚庵より里びとへ

四国へ移り住まんとする
われをとどめて
里びとら言へり
四国は貧しきなり
いもばかりなり
米なきなりと
されどわれは
渡りきたれり
告げんかな
里びとへ
今のこころを
四国にはよき海あり
よき人あり
米とぼしくも
いものうまきを
四季おりおりの
魚のうまきを

六魚庵主の願い

人生を愛するが故に
詩を愛する
わたしの詩は
そこから生れなくてはならない

ひとりのなげきが
万人のいのちとなり
ひとりのよろこびが
万人のちからとなり

水のように清められ
雲のように高められ
虹のように色どられ

幼子のように
詩神の前に
ひざまづきたい

三昧

百千三昧に
遊《ゆ》戯《け》し
出《しゅつ》生《しょう》す

大般若

題字　著者
表紙　川合玉堂絵
発行日　昭和二十六年十月十日
発行所　大耕舎
総数　二三
自選　十九（点訳）

序詩　一

貧しい故に生を愛し
愚かな故に詩を作る

序詩　二

わたしをなぐさめてくれる
いい手紙がある
わたしをあたためてくれる
いい人達がある
その人たちに詩を捧げよう
そのほかになにがあろうか

序詩　三

わたしが願うのは
一韻の詩
朝の雲のような詩

序詩　四

死にいたるまで
人間でありたいために
人間であることのために
わたしは詩を書く
詩をつくる

序詩　五

きのういちにち
詩をつくらず
きのういちじつ
こころにごれり
きのういちにち
空をあほがず
きのういちじつ
まなこくもれり

ねがい

わたしのただひとつの願いは
いつかは小さな茶室をもち
手すきの紙の障子明りに
リルケの歎きでも綴つてみたい
決して隠遁の
侘び住居というわけではないが
朝夕こころを洗つて
静かな暮しをしてみたい
ただそれだけの夢に
利休　遠州の
高い心が慕われる

そのころ

1

そのころのわたしを
何一つ慰めてくれるものはなかつた
わたしは夜々
ロマン・ロランのミケランジェロの本を
ただ枕べに置いて
早くから寝るだけだつた

2

じつとしていると
なにかにしめつけられるようで
だまつていると
なみだがながれてくるようで
わけもわからぬままお経をとなえていた
そうすることによって
やつとあさをむかえよるをおくつた

3

はしやぐお前たちをじつと抱いて
涙のにじむことがあつた
生活がくるしかつたのだ

生活につかれていたのだ

三人の子に

一　梨恵子に

白い梨の花の咲く頃生れたから梨《り》
名高い梨壺の七歌仙にあやかつて梨《り》
十年間待つて待つて生れたお前だから恵《え》
それに母が八十八ケ所を巡られ
生れてきたお前だから恵《え》
梨恵子よ
一人の人間がこの世に生れてくるまで
どんなにいろいろの糸につながつているか
お前もいつかその恩恵を
思い出す時も来よう
梨の花や　李の花が一時に咲き匂う
いまは他国である
その生地をなつかしむ日もあろう

しかし何もかなしまなくていい
人生を明るく歩いてゆくのだ
美しく生きてゆくのだ

二　佐代子に

お前が生れるときわたしは一番くるしんでいた
どうして生きてゆこうかと毎日心痛めていた
打開してくれる誰かを切に求めていた
お前が生れたとき読んでいたのは鷗外の本だつた
だからお前の名は
「安井夫人」のなかから貰つたのだ
それに代の字はお前のお母さんの一字でもある
お母さんはお前をおなかにいれて
くるしい引揚げをしてきた
そのお母さんの名前がはいつているのだ
また佐はたすけると訓《よ》む
その文字の意味も忘れてはならない

三　真美子に

年をとつてから生れてくる子のいじらしさよ
老いさきを考えるようになつてから
生れてくる子のいとほしさよ
お前にはわたしの名を一つあげよう
何も残すもののない
貧しいわたしであるが
つまづきばかりしている
愚かなわたしであるが
わたしを父と呼び
わたしを父と慕い
生れてきたお前の
何というあどけなさよ
わたしはお前に
わたしの名を一字つけておこう
わたしが書いた数々の詩は
風と共に散り失せるだろうが
お前は大きくなって私の思い出の詩を
いくつか拾つてくれるだろう

真は訓まこと
拙い父がたつた一つ護つてきた
この字を負うて大きくなつてくれ
心美しい乙女となり妻となり母となるように
わたしのねがいがこもつているのだ

飯台

何もかも生活のやり直しだ
引揚げて五年目やつと飯台を買つた
あしたの御飯はおいしいねと
よろこんでねむつた子供たちよ
はや目をさまして珍らしそうに楽しそうに
御飯もまだできないのに
自分たちの坐る処を母親にきいている
私から左廻りして梨恵子佐代子妻
真美子の順である
温かいおつゆが匂つている

おいしくつかつたたくあんづけがある
子供たちはもう箸をならべている
あゝ飯台一つ買つたことが
こうも嬉しいのか
貧しいながらも貧しいなりに
ふとつてゆく子の涙ぐましいまで
いじらしいながめである

冬　日

もうすぐ臘八会《ろうはつえ》だ
照山さんも京都へゆかれたろう

きのうきようは
ことに寒さがひどかつた
霜の中に咲く
さざんかの花
びわの花

ふろふきがおいしい
歯の弱いわたしには
ことにこのふろふきがうれしい

食後一ぱいの葡萄酒をのむ
夜は妻と朝鮮の戦禍を悲しみあい
妻は編物の本を
私は絵の本を
それぞれ枕べにおいて寝る

あの時のことを

あの時のことを
お互い忘れまい
ふたりが
かたく誓いあつたときのことを
ふかく喜びあつたときのことを
おもいあがつたときは

いつも思い出そう
始めて父となり
始めて母となつた
あの日の嬉し涙を
お互い
古くなつてゆく袋に
新しいものを入れなおそう
おのれを失つたときは
いつも語りあおう
慰めあい悲しみあい苦しみあい
二人ですごしてきた数々の日のことを

金糸魚《いとより》に寄せる歌

いとよりよ
お前を知つた日から
わたしは海を人生と同じく思うようになつた
しけの日はお前たちがくるしんでいることを感じ
なぎの日はお前たちがよろこんでいることを知り
わたしもお前たちと悲喜を共にするようになつた

今日も流しにお前たちがいた
晴着をきたま処女《おとめ》のように
静かにお前たちはいた
いとよりだつたら買つておいてくれと
妻に言つて行く日が多くなつたからだ
何かほのぼのとした心で
お前たちに会うことが
さびしいこのごろのわたしを明るくしてくれる
そんなにお前たちは無垢で美しい
妻よ
あぶらなどでいためてくれるな
熱い七輪の上などで焼いてくれるな
お前たちの美しい色を失わないように
うすての醤油をつかい
砂糖も白のよいものをつかい
お前のよい味よい色を損わないように

お前のもつそのままのものを
わたしの血とし肉とすることができるように
こころ静かに煮ておくれ
煮つけの菜にも
庭の京菜をちょっぴり入れて
こころ暖かに煮ておくれ

豆つぶの美

わたしは豆つぶを集める
一つ一つの名前は知らないが
どんな小さな豆にでも
何という衣裳の美しさがあるのだろう

こんな小さなものの
人に食われるだけの
実を結んで落ちるだけの
はかない豆の中にも

あゝおのれを美しくしようとする
意志がある
美への憧れがある

ルビー　サファイヤ
それも美しいが
この小つぶの豆の
何という美しさ
正しく生きてつつましきものの
本当の美しさを
わたしは豆に見る
この小さい豆の中に見る

木犀咲く

何と木犀の多い町であろう
日のまだ出ない朝の通りに
日の入ってしまった夕の通りに

どこからともなく匂つてくるのは
木犀の甘い香りだ
枯れきつたようなわたしの心に
少年の日の夢をよみがえらすような
青年の日の愁いをよびさますような
ほのかな香りだ
人間の世界の冷たさにくらべて
樹木の世界の何という美しさよ
静かな朝の日曜日
わたしは子供をつれ
まだ知らぬ通りを歩きつづける
かなしいまで高められてゆく
愛を感じながら

朴の花

朴の花が
ことしもわたしを呼んでいる
顔をうずめて訴えたい泣きたい
ひとならぬこの花に

わたしが穢れているから
こんなにも慕うのです
愚かであるから
こんなにも仰ぐのです

この世で遂げられなかつた
わたしの願いを
この花に告げておこう
多くの夢を
この花に託しておこう
わたしのよみがえりを
この花に頼んでおこう

八木重吉氏に

あなたが生きていたら
手をとり合って話したい気がする
林檎をむき合つて食べたい気がする
一輪の花の心を二人で語り合いたい気がする
夕焼の雲の下に黙つて坐つていても
温かく心は通う気がする
でもあなたはもうこの地上へはおりてこない
手を握りあうことも
林檎をたべあうことも
花を見　雲のかがやきを語りあうことも
できなくなつてしまつた
あゝせめて
あなたのいる天国の夢でもみよう
あなたと一緒に天国の園でも散歩しよう
そう思つてあなたの詩集を
今日もまくらべにおいて寝る

なやめるS子に

だまされてよくなり
　　悪くなつてしまつては駄目
いじめられてよくなり
　　いじけてしまつては駄目
ふまれておきあがり
　　倒れてしまつては駄目
いつも心は燃えていよう
　　消えてしまつては駄目
いつも瞳は澄んでいよう
　　濁つてしまつては駄目

玉鳳山大乗禅寺庭

人間が人間を離れ
樹や花に救われるこころ
このかなしいこころをいだいて

静かな落葉の庭に向う

何というかえでの美しさ
何という銀杏の美しさ
一木一草
逝く季節の衣を染めて
無為自然の恵みに
法悦を感じ合つているようだ

小さな池に波紋がたつ
椎の木が日のかげりにつれて
花のようにひかる
白い経蔵をとりいれて
石と樹と
水と草と
一分の隙もなく合体している美しさ
女の匂いのない枯れきつた縁に
わたしの心はしみじみと潤おされていつた

世尊よ

世尊よ
あなたに向いあつていると
なにもかも許していただき
子供のような気持になつて
大きなふところに抱かれて
この世を渡つてゆける気がします

世尊よ
わたくしは柔和なあなたの
微笑のかげに
あまえているのかも知れません
厳しい誓いをたてなくては
とてもあなたのお側には
寄りつけないかも知れません

これではいけない
これではいけないと

自責しながら
それでいいんだよ
それでいいんだよと
おつしやるお声に
つい心を許しているのかも知れません

あゝ
衆中八万四千衆生
皆発無等々
阿耨多羅《あのくたら》三藐三《さんみやくさん》菩提心《ぼだいしん》

世尊よ
あなたのお話を聞き
勇躍歓喜して退いた
その一人に
わたくしも加えて下さい
愚かな身の
愚かな願いを
いつの日かかなえさせて下さい

夕空

わたしはいつもひとりだから
あたたかいひとのこころにふれると
ほろりとする
生きていることがうれしくなる
暮らしていくことに力がでる

今日あなたに会つて帰るさの
夕の空のきれいだつたこと
近々虹までたつではないか

あゝ
わたしはもう
野心もなく欲もない
ただしずかに生きてゆきたい
美しいひとの美しい心にふれて
こころみださず生きてゆきたい

白の美

ユトリロよ
あなたのホワイトの
何という美しさ
あなたの泥酔の中にこもる
純粋さが
今のわたしに
沁みるように
刺すように
迫つてくる
漂泊の長い旅の疲れに
深夜しろじろと
あなたの画面に見入る
このひとときの
かなしいまでの喜び
くるしさに耐えて生きてゆくことの
いのちの尊さをわたしはいつも
あなたのホワイトに感じる

明日の人

明日を知った人達
その人達に
わたしは学ぼう
いつまでも若い人のように
未来を夢みている
その人達と
わたしは仲間になろう

わしは、絵をかきながら、死のう……
絵をかきながら、死ぬ…………………

そう囁くように
何度も言つたという
セザンヌの心を
忘れずにいよう
いつも仕事を思つていよう
そういう

今日を送り
明日を迎えよう
それをくりかえし
わたしも死に近づこう

四行詩

拙き歌なれど
事につけ
折にふれ
歌ひ遺せしもの
よき歌あらば
誦し給はんことを

1

よき名をもちてさながれに
ひとりうきつつひとりすむ
こころのにごり世のにごり
あはれを知るやみづすまし

2

心をきよくたもたんと
花のすがたの前に立つ
無心に咲ける花なれば
一途に咲ける花なれば

3

泰山木の花咲けば
尊き人に会ふここち
花を仰ぎて香をかぎて
濁る心を澄ますなり

4

松には松の風といふ
拙を拙としわが身にも
おのづ開けむ道やあれ
椎には椎の風といふ

5

四国にわれを待ちたるは
たをやめならぬ浜木綿《はまゆふ》の
花火にも似し白き花

うつつともなく咲き消ゆる

6

もたれて居ればほのぼのと
石のぬくみの身には沁め
かかることとさへうれしくて
くるし世なれどまた楽し

7

花に口触れおののける
あはれをひとにな告げそ
つげてせんなきものなれば
うたかたとしも消えてゆけ

8

かるたとりつつかなしきは
子はさんがいのくびかせと
よめばあらそひとる子らの
すずしきひとみすずしまゆ

9

一つの道を歩き来て
いまはた何に惑ふべき

ちさき草さえとりどりに
秋はおのづと紅葉《もみ》づるを

10

伊予の亥の子のわらべうた
旅にしあればおもしろき
ふしもあはれにひびくなり
伊予に四とせの秋くるる

11

愚かなる身と知りながら
果てなきものを求めつつ
わが旅いつか年重ね
青きなぎさに涙落つ

12

戦ひやぶれ帰るとき
リックに入れて引揚げし
ま白き陶のわが枕
なげきを知るは汝《なれ》のみか

13

鳴け鳴け蟬よ暮れてなほ

なれは一生《ひとよ》のはかなさを
知るゆゑかくも鳴くならむ
われのかなしき歌もそれ

14

耳とめにけり草ひばり
昼をひそかに鳴き澄むを
いちづなるゆゑいとしかり
かすかなるゆゑかなしかり

15

あしたをひらくはななれば
われのこころもひらくなれ
にほひこぼるるあさなれば
われのおもひもにほふなれ

16

つつましく咲きつつましく
秋ともなれば実をむすぶ
白き美《くは》しき韮《にら》の花
われの一生《ひとよ》も斯くてこそ

かなしきのうた

鉄砧《かなしき》よりもハンマーが、おそらく誰の眼にも
いさましく甲斐甲斐しくうつるだろう。
だが無限の連打にたえるのは、申すまでもな
く沈黙の鉄砧《かなしき》である。

ゲーテ

装幀　三輪田俊助
解説　川崎宏
発行日　昭和二十八年三月三日
発行所　文脈社
総数　四七
自選　十四（点訳）

純粋時間

いつも三時、四時に起きるって？
何をしているの？
人はいぶかしげに問う

わたしはははと笑っているだけだが
何もしていない日もある
ぼんやり夜明けを待つ日もある
リルケのことを思ったり
セザンヌのことを考えたりして
ただ坐っている日が多い

しかしわたしには
この空白な時間が一番大事だ
夜明け前のしづかなひととき
自分の世界を築きながら
しづかに坐っている
純粋なひとときが一番たのしい

雨とセザンヌ

一つの作品が出来あがるまで
人はどんなに苦しまねばならないか
自分の肉体を引き裂くように
自分の作品を焼き捨てた
狂おしいまでの彼を思った
絵をかきながら
神にまで昇華してゆく
聖僧のような彼を考えた
雨がまたひとしきり
烈しい音をたてた

ゴッホの手紙を読みつつ

ゴッホよ
あなたの手紙を読んでいると
自分がかつて書いた手紙のような気がして

びつくりすることがあります
あなたが苦しんでいるのをきいていると
自分がいま苦しんでいることを
そのまま言つてくださつていて
胸のあつくなることがあります
あなたの怒り
あなたの叫び
虚偽を憎み
真実を愛し
正しい人間として
一途に生きようとする
あなたのこえがそのまま
わたしのものとなつて
まなこを濡らすことがあります

ゴッホの声が天啓のようにひびくとき

ゴッホの声が
天啓のようにひびくとき
わたしは起ちあがる
絶望から希望へ
死から生へ
現在から未来へ
ゴッホよ
われにも倒れぬ魂を与えたまえ
貧に耐え
芸に生きる
不屈の力を与えたまえ

朴礼讃

朴は字もよいが
ほおというあのひびきがよい
葉もよし
木の質もよし
どこまで伸びてゆくかわからない

あの大木性はたまらない魅力だ
しかも急がずあせらず
朴直朴実
そのことば通り
天に向つて徐々におのれをひろげ
百花咲き尽したころ
夢のように大きな
まつしろい花をつける
その香気のすばらしさ
朴よおまえこそ本当に
木の中の詩人
木の中のロマンチスト
裸木の姿もいいが
万緑の候のみずみずしさは
全く木の中の阿羅漢だ
わたしはお前の下に眠ろう
そして来世は一樹の朴となろう

蘭茶

利根白泉先生ニ捧グ

高士ノヨウナアナタト向イアツテ
薬草ヤ霊草ノ香ノコモッテイル小庵ニ坐シ
蘭茶ヲ飲ンデイルト
幽韻ノ世界ヲ楽ンダ
古人ノ心ガワカルヨウナ気ガシマス
洒脱ナアナタノ笑イマデガ
私ヲ何処カ遠イトコロヘ
連レテユクヨウナ気ガシマス
自然ヲ友トスルナンテ大ソレタコトダ
絶対ニ随順スルンダト言ワレル
アナタノ心境ガ
ワカルヨウナ気ガシマス
ア、今モナオ
幽谷ノ香ヲタダヨワセテイル
仙花ヲ口ニフクンデイルト
我ガ身マデガ巫卜《フボク》ノ術ヲ
得テクルヨウナ気ガシマス

エリ・エリ・レマ・サバクタニ

詩に生きよ
詩に生きよ
それよりほかに
我れの生きゆく道なし

○

生きることや難し
生きることや苦し
子を抱いて
夕暮の道を帰る

○

子と仰ぐ
夕焼の雲よ
涙ぐましいまでの愛惜よ

○

死のうと思う日はないが
生きてゆく力がなくなることがある
そんなとき大乗寺を訪ね
わたしはひとり
仏陀の前に坐つてくる
力わき明日を思うこころが
出てくるまで坐つてくる

○

年をとれば故郷が恋しくなるという
その故郷をわたしはまだ知らない
はだしで故郷を歩いたという
山頭火の狂喜さえ
わたしにはむしろ羨しいぐらいだ
あゝ一度でもいい
わたしは生れた処の土を嗅ぎたい
その時淋しい風が吹いていようとも
わたしはそれを笛の音のように聴くであろう

○

エリ・エリ・レマ・サバクタニ
イエスよ
あゝあなたの最後のこえが
今日もきこえる

かなしきのうた

兀《こつ》坐《ざ》と言ふかなしきにかかって
ずんずん琢磨すれば皆同じ型になる
正法眼蔵坐禅箴啓迪

たたけたたけ
思う存分たたけ
おれは黙つて
たたかれる
たたくだけ
たたかれる

存在のために
真実のために
飛躍のために
脱却のために

たたけたたけ
いい気味だと
思うまでたたけ

忍従が何であるか
圧力が何であるか
価値が何であるか
軽視が何であるか

たたきつかれたら
わかるだろう
たたきつぶしたら
さとるだろう

たたけたたけ
よつてたかつてたたけ
気のすむまでたたけ
たたくだけたたけ

クリスマス・ツリー

貴い人をたたえるのは
いいことだなあ
こころがあつくなり
なみだがながれそうになり
きよいよろこびが
泉のようにあふれてくる

世の中を清くしてきた人達を
心で尊敬していることも大切だが
こうして形で表してみることも
いいなあ

とうちゃん
とうちゃん
雪がふっているよ
お星さまがひかってるよ
じいっときいていてごらん

鐘の音もきこえてくるよ

なるほど
なるほど
きこえてくるね
いい鐘の音だね

とうちゃん
とうちゃん
この人が真美子ちゃんの
サンタクロースのおじいさんよ
わたしはこの人
佐代子ちゃんにもってくる人は
このおひと

そうか
そうか
三人のお前たちに
サンタクロースのおじいさんね

お部屋を
みんなで掃除して
見違えるように
きれいになつて
貧しい家に
一つの天国が出来たのだ
親子五人すわつて
しみじみと見入る
私たちに始めての
クリスマス・ツリー

ああ
何という美しい
贈りものだろう
いい人の
いい贈りもの
もう何年も病床にいる
坂見富美子さんからの
贈りもの

床《とこ》のなかで
わたしたちのことまで考えて
はるばる送つてくださつた
この美しい贈りもの
そのあついみこころが
きれいな雪ともなり
きらきら光る星ともなり
じつと見入るわたしたちの
こころにも降る
こころにも輝く

ねがい

あなたに合わせる手を
だれにも合わせるまで
愛の心をお与え下さい
どんなに私を苦しめる人をも
すべてをゆるすまで

広い心をお授け下さい

ねがい

からだをもみながら
妻が言う
めつきりこの一年痩せられましたよ
歯のせいばかりでもないでしよう
坐つてばかりいなさるからでしようか

頰の肉がおち
肩の肉がとれ
股《もも》の肉がなくなつたことが
わたしにもはつきりわかる

でもわたしのなげきを妻にいつたとて
わかつてもらえようか
わたしはわたしの肉をさき
骨をけずつても
かなえていただこうと思っている
ひとつのねがいがある

父の忌に

父に慈恩あり、母に悲恩あり。その故は、
人のこの世に生るるは、宿業を因として、
父母を縁とせり。父母恩重経

目を閉ずれば
三十五年前の今日の
あなたのお顔が
ありありと浮んできます
泣いた涙がながれてきます
あなたにはそのとき
五人の子がありました
みんな小さいものたちばかりでした
わたしにはいま
三人の子がありますす

みんな小さいものたちばかりです
それを思うとあなたはどんなに
苦しまれたでしょう
わたくしはそれをおもうと
死にきれないものがあります
でもあなたのお顔は
神々しくかがやいていました

○

今朝はやく大乗寺にお詣りし
仏陀の前にお礼を言つて参りました
母上も元気であり
生れたばかりであつた一番下の弟も
三十五になりました
弱かつたわたくしもあなたの齢を越えました
すべてがあなたの御加護です
そんなことを思つてひとり
仏陀の前に坐つていました

○

七つの梨恵子に
五つの佐代子に
二つの真美子に
あなたのことを話してきかせました
おはぎを食べながら
おぢいちやんが来ているのかね
おぢいちやんも食べるのかねと
子供たちは何度もきくのでした
四十二で亡くなられたあなたも
今日はおぢいちやんなのでした

○

あなたが亡くなられた年に
妻は生れていますから
今年三十五なんです
わたしも年をとりましたねと
ひとり笑つている妻に向つて
わたしは何かすまないような気になりました
わたしと連れそつて十六年
オーバも持たず靴も持たず
貧乏に耐えて暮してきた妻に

ほんとにすまなく思いました
あなたの話から
そんな話になり
今日の日を過しました
午後から雨になり
しんみりと三十五年の過去を偲んで
あなたの命日らしく日を送りました

○

九月十四日がくると
いつも思い出す
あの最後のお家
子供たちを連れて
一ぺん訪ねてみたい
あの川端のお家
いまも
柿があり
カンナがあり
村いちばんの
大きないちいが
青々と茂っているだろうか
さるすべりの花が
赤々と咲いているだろうか

母上よ

計るに、人々母の乳を飲むこと、
一百八十斛となす。父母恩重経

母上よ
今年もあなたに会えず
今日で終ろうとしております
何という不孝者でしょう
何という恩知らずでしょう
今年はお会いしに帰ろうと思つていましたが
いよいよとなると決心がつかないことばかりです
この貧乏をおゆるしください
すべては詩に執するわたしからくるのです

母上よ
まだ起きておられるでしようか
最後の日を最後の日らしく
七十二年のさまざまな思いを
ひとりさびしく偲んでいられるでしようか
五人の子をひとりで育て
育てあげればちりぢりと去つていつた
その子どもたちを思うて
ひとりさびしく起きておられるでしようか

母上よ
あなたほど不幸な重しを背負つてきた人は
あまりないような気がします
あなたはありがたいことだもつたいないことだ
みんな仏さまのおかげだと言われますが
あなたほどの才智と意志とを持つ女性が
草ぶかい田舎で枯木のように
老いてゆかれるのを思うと
女性の運命というものが
わたくしにはあわれでならないのです

母上よ
あなたがもし男だつたら
どんな仕事をなしておられたでしよう
あなたはすばらしい人となつて
一つの立派な道をゆかれたことでしよう
あなたが嫁入道具の一つとして持つてこられた
伝来の薙刀やくさり鎌や
大切にしまつていられた免許皆伝の巻物など
あなたの気丈な御性格を
よく物語つているように思われるのです
殊に父上が亡くなられた翌々年
県の武徳殿で男の人達と試合をなされた時の
りりしいお姿が今もはつきりと浮んでまいります

母上よ
それとも幸福な家庭の人となつていられたら

あなたは自分の好きな音楽の道を
一途に歩まれたかも知れません
ひところはやつた大正琴でいろんなものを
弾いてきかせてくださいました
ことにわたしたち三人が
戦争に出ていた折は
ま夜なかひとり起きて
あなたは愛用の手風琴をひいて
自分のくるしみをわすれ
子どもたちの武運を祈られたということでした
今でも大事にしておられる手風琴は
あなたのお人柄を物語る何よりのものです

母上よ
あなたは七十の坂を越え
わたくしも人生四十の齢を過ぎました
四十二で亡くなられた父上の歳になつて
始めて父上の偉大であつた事も真実わかりました
それがわかると同時に

自分があなた方の子供として
どんな人間となり
なにを為さねばならないか
そんなことが今にして
ようやく自覚されてきたのです

母上よ
ひとりで今年の最後の膳に
ついていられるであろう母上よ
お体を大切にして
いつまでも生きていてください
あなた一人を家において
そんなことも言えない
長男のわたくしですが
わたくしがお願いするのは
それだけなんです
どんなに苦しくとも
生き耐えてゆかねばならない
これは私の信条なのです

そのうち宇和の海にも
暖かい春が訪れてまいりましよう
待つている孫たちにも
あなたの歌をきかせてくださ い

三人の子に

1知らせておきたいこと

まだ小さい
梨恵子よ
佐代子よ
真美子よ
おまえたちが大きくなり
人の妻となり
子の母となり
さまざまの苦を味わい
いろいろの涙を知り

泣きたいとき
泣きごとをきいてやるまで
とてもわたしは生きてはいまい
そんなときはどうぞ
仏さまの前に行つて
泣いておくれ
仏さまにくるしみを
きいてもらつておくれ
わたしがこの歳になつて
参禅したのも
仏さまとふかい縁を
結んでおきたかつたからです
仏さまのおそばに
いつもわたしがいることを
お前たちに
知らせておきたかつたからです

2枕もとで

すやすやねむつている
お前たちの枕もとで
父さんと
母さんは
二十年さきのことを
語りあいました
お前たちが
一番金のいる
二十年さきのことを
父さんが年老い
職を追われて
暮してゆく能力を無くしてしまう
その時の日のことを
わたしたちを父とし母として
この世に生をうけてきた
三人のお前たちに
親としてなさねばならぬ
いろいろのことを
母さんは家計簿をひろげ
そろばんで計算しながら
父さんは父さんで
体の弱いことや
それまではどうしても生きていなければ
ならないことなどを思いながら
しずかに手を合わしました

3晴着

お前たちが嫁ぎゆく晴れの日まで
わたしは生きているだろうか
財産もない
故郷もない
家もない
不幸なお前たちに
せめては父のこころばかりの
晴着をきせてやりたいのだが

それまでわたしは生きながらえているだろうか
三人の子よ
嫁ぎゆく日の夕べ
もしも裳裾ひく
くれないの雲がたなびいていたら
貧しかつた父の
せめてもの門出の祝いものとして
晴れの衣を染めて
嫁いでいつてくれないか

観音草

私はただ一つの信念、
ただ一つの忠節に生きた。
それは貧しく、虐げられたものの
解放であつた。

アグネス・スメドレー

装　幀　三輪田俊助
発行日　昭和二十九年三月三日
発行所　サンマヤ協会
総　数　五〇
自　選　二九（点訳）

第一部

原爆詩

原爆地広島にて

1

ひとり　茫々たる
城趾に　立てば
地のうめき　きこゆ
天のあざけり　きこゆ
髑髏のうた　きこゆ

2

鉄骨よ　かたれ
この日の怒りを
ただれた煉瓦よ　のろへ
この一瞬の暴虐を
巣食ふ雀よ　ののしれ
この人間の悪を

3

涙も出ない　この嘆き
やるすべもない　この怒り
ただれた石を　にぎりしめ

4

東京に行けば
戦前の東京より
美しくなりましたという
広島に来れば
またそんなことをきく
何が復興か
吹けば飛ぶような家が
なんぼできたからとて
それが何になろう
日本の復興は
人間の復興からで
なくてはならないのだ

5

ドームにないている

雀からも
くさむらにないている
こおろぎからも
私は死者のこえをきいた
その方が素直に
悲しい人たちのこえを
わたしに伝えてくれた

せいさんだからといって

せいさんだからといって
めをつぶってはならない
あつぱくされるからといって
だまつていてはならない
みるべきものはみ
いうべきことはいい
せかいのすみずみに
よびかけねばならない
ぜんじんるいに
うつたえねばならない
ひろしまのいかりを
かなしみを
なげきを

白いものはみんな骨に見える

白いものはみんな骨に見える
舗道に散らばつている紙きれが
潮の引いている川原の石が
七輪をあおいでいる老母の髪が
白いものはみんな骨に見える
揺れているコスモスが
挿してある菊が
流れている雲が
白いものはみんな骨に見える

食堂のフォークが
露店のボタンが
広島では白いものが
みんなわたしに訴える

かつての
なげきを
いかりを
なみだを

日まわり

爆心地本川小学校にて

もう十月も半ばだというのに
枯れそうもなく咲きつづけている
日まわりよ
わたしはお前たちに会うため
遙々と海を渡つてきたのであろうか
強烈なる日まわりよ炎の色よ
それにしても揃いも揃つて
あのこわれた骨と皮ばかりのドームに向つて
お前たちはつつ立つているではないか
お前たちの周囲にうごめく人間の群れは
もうあんなものに
見むきもしなくなつた今日
お前たちだけが正しいものの存在を
黙つて示してくれているのか
埋めたての砂地にいまだも倒れず
咲きつづけている
日まわりよ
戦いをいどむ者たちへ
正しい真理を知らしてやれ
再び原爆を使おうとする者たちへ
神の怒りを聞かしてやれ

亡霊

野に虫が鳴いている
それは涙も出ずに死んでいつた
幾万の原爆亡霊者の
すすりなきであろうか

川に星が光つている
それは水も飲めずに死んでいつた
罪なき受爆者達の
怒りのまなこであろうか

重い声

異様に一晩中きこえてきた
あの声は何であつたろうか
三日三晩
私は同じ声をきいた
風の夜も
風のない夜も
星の夜も
星のない夜も
深夜にも
夜明けにも
同じくきいた
夢の中にさえ
その声は入つてきた

ザラザラと　砂の寄せてくるような
ガラガラと　何か崩れるような
弱々しいが　胸を圧してくるような
切れ切れの　あの声は何であつたろうか

ヒロシマから帰つたら
もう何にも聞えてこなかつた
あの重い声は
何であつたろうか

第二部

哀別詩

三人の子をならべて

三人の子をならべて
仏壇の前に手を合わす
ちかごろ塗りかえられたという
光る仏壇
まだ父の喉仏があり
朝鮮から持つて帰つた
茜の位牌がある

永い間の母ひとりの住いは
戸障子も壊れているが
母の守り仏
法蔵菩薩さまだけは
光つている
その母の朝夕の
祈りの座にすわつて
三人の子の名前を告げ
帰郷の挨拶をする

裏山に啼きしきる鵯
竹の音
それればかりは昔とかわりなく
なつかしい故郷の声をきかしてくれる

父の墓前にて

父上よ
あなたのお墓も
まだ建て得ない私ですが
この子どもたちを
見てやつて下さい

あなたの長男の
三人の子
そのひとりひとりを抱いてやつて下さい

手を合している
この幼いものたちを
草葉の蔭から守つていて下さい

それをしつかと告げておきたいため
みんな連れて帰つてまいりました

山の中のさびしいところで
あなたにつながる血の
このつつましい祈りを聞いてやつて下さい

風呂

1

裏山の落葉を集めて
風呂をわかす

明日からは
また一人になられる母
こどもたちも
いつまた会えることだろう

縁《えにし》のうすいわたくしたち
そんなことを思いながら
母の好きな風呂をわかす

2

あの晩
背なかをながして
あげればよかつた

それだけが
どうしても忘れられない
こころのこりである

乳房

線香でもあげてなかつたら
蠟燭でもつけてなかつたら
お母さん
あなたは布団をしいて
ちよつと昼寝でもしていられるような
安らかな寝姿でした

子どものわたしたちは
いつまでもそんなふうに
寝ていて下さりたかつたのでしたが
ほかの人たちが
早く棺に入れなさいと言われるので
髪をくしけずり
額をふき
おん手をきよめ
お体をふいてあげました
五人の子に

腹一ぱい乳をのませてくださつた
そのおん乳房をふいていますとき
こみあげてくるかなしみが
死に目に会えなかつた
わたしたち五人に
いちどにはげしくわいてまいりました

寂滅

母のひつぎに
火をつける

生き残る者の
このかなしみ

み仏の言葉
知りつつも
涙あふるる

光

御立派な体格でしたねと
朝日の美しい光のなかで
あなたのお骨を拾つている私達に
老いたおんぼうが話しかけました

あなたの心臓とおもわれる
そのくろいかたまりを
私達は大切に壺に入れました
まだ熱い火をかきわけながら
小さい歯にいたるまで
いつまでもいつまでも拾いました

独り

独りデパートの屋上にきて
あなたを偲びました
四十日前は
ここにこうして
あなたと並んでいたのです
たのしくひるのごはんを食べ
みんなでおいしい飲みものを飲み
バナナなどを食べあつたのでした

あゝ
あの日は
あなたは進んで写真をとつたり
子供たちと乗りものに乗つたり
七十を越したあなたとは思われない元気さで
私たちをひつぱつて見物させて下さいました

でももうあなたは
どこにもいられないのです
デパートの屋上には
あの日と同じように

アドバルウンがあがり
みんなにぎやかに
食べたり
遊んだりしているのに
あなたは永久に
去つてしまわれたのです

月と母

母が息をひきとられた日の
夜の月も清かつた
私は少年のように
月に向つて母を呼んだ

豊後灘は
その夜　波も静かに
私の心をしずめてくれた
初七日もすみ

また四国へ渡る日
ひとり母の墓に詣でた

雉がしきりに鳴き
私は幼な子のように
母を慕うた
ふりかえり去る空に
昼の月が白くかかつていた

亡きあと

静かに今日も流れていつた
ひとり母をおもいながら
本も読まず
詩も作らず
木の葉のように
寂びしく暮れていつた

白い手風琴

四十日前
弾いてくださつた
手風琴

思えば
何という美しい
別れ方をなさつたのでしょう

もう聞くことのできない
あの夜《よ》の歌

　金剛石も　磨かずば
　玉の光も　そはざらん

あなたの好きだつた曲
明治の曲
七十三年の
あなたの生涯を
偲ばせる曲

あゝ
白い手風琴にのこる
母の面影よ
声よ

最後の日

母の最後の日よ
母の火が
一番燃えていたという日よ

母の姿を見た人は
何か不思議なものを感じたそうな
母と行き合つた人は
何か不思議なものを聞いたそうな

母の夢

あなたが亡くなられてから
始めてみるふしぎな夢

あなたのそばにいるのは
まだ小さなわたくしひとり
人も通らぬ
さびしい小川に沿うた
墓地のなかで
あなたは乳をしぼつては
童子の墓にかけ
乳が多くて
乳が出すぎてと
くるしそうに
ひとりごとを言いながら
まつ白い乳汁《ちしゆる》を
墓石にかけてまわられるのでした
あゝその時のあなたの
美しかつたこと

目がすつかり覚めてからも
そのお姿がやきつけられて
ゆめとうつつのくべつが
しばらくはつきませんでした

あゝ
あなたが亡くなられてから
まだ一ぺんも
夢をみないわたくしが
始めてみたあなたの夢

思えば不孝なわたくしに
あなたの乳をのんだ
幼ない日のあつい恩を
思いかえせとの
み仏のお知らせでしたのでしょうか
チチ　チチ　と囀ずる小鳥の声さえ

乳　乳　と鳴くようにひびいて
山の上のあなたのお墓へと
心は遠く飛んでゆきました

鎌

お嫁入りのとき持つてこられた
くさり嫌
いつも仏壇の引出しに入れてあつた
小さい鎌
倒れられたその日買ってこられたという
一本の新しい鎌
昇天されたその夜　宵から輝いていた
利《と》鎌のような月
お母さん
不思議な鎌の数々の因縁を考えながら
あなたの苦闘の生涯が思われてなりません

風雨の中にも

これまでは
堪えられないほどの
風雨の中にも
母があつた
柱となり
杖となる
母があつた
でも　もう
その母がない

ナム　アバローキティシバラ
ナム　アバローキティシバラ

※アバローキティシバラは
観世音菩薩の梵名《ぼんみよう》

ねがい

夢殿の救世観音にたてまつる

救世《ぐせ》観音さま
あなたが両手で
しつかとお持ちになつていられるのは
なんでしようか
美しい珠《たま》でしようか
それとも
おいしい握り御飯でしようか
いまのわたしには
何かそんな
食べるものの方が
強く思われて
朝夕
あなたのお姿を
拝んでおります
救世観音さま
わたくしが亡くなりましたあとも
この三人の子供らに
あなたの温かい
おん手のにぎりを
恵み与えて下さい

どんな生き死にの
苦しい目にあつても
母と子が
飢えずにゆく
一にぎりの
貴い糧《かて》を
頒ち与えて下さい

第三部

仏縁詩

日本のアンネット・リヴィエールと
も讃うべき杉村春苔尼先生に捧ぐ

海

あなたはもう河ではなく
あらゆるものを包摂して
諸現象を再びまた
一元へと還元する
宇宙の母たる
海である

あなたはもう女性ではなく
性を超え
年齢を超え
時を超え
柔かい感覚と
磨かれた感情と
豊かな知性とを含んだ
広大無辺の
海である

あゝ
あなたによつて示される
聖なる海の
何という美しさよ
あなたにはもう
深淵もなく
明暗もなく
すべてが調和であり
すべてが自在である

それに
あなたの瞳の

月光のような清澄
あなたの姿の
摩尼《まに》珠光のような燄明《えんみよう》
肉体のなかに燃えている
あなたの生命の
不可思議な力

あらゆる尊さが
あなたに集り
あらゆる叡智が
あなたに具つている

あゝ
あなたこそ
この世を照らす人であり
永遠の天使であり
権化《ごんげ》である

生成の海
愛の海
大慈の海
讃えても讃えきれぬ
無限のものが
あなたへと
常に流れて行く

火

先生の
あの清澄
あの放射
あの芳香

それはどこからくるのであろうか
先生のなかに燃えている
衆生無辺誓願度
その火を受け継がねばならぬ

スターリン仏《ぶつ》

あなたと歩いているとき
あなたがおつしやられた
偉大なことば！

スターリンも仏《ほとけ》になりました
仏になつた人を
追悼し冥福を祈る
それがなんで悪いのでしよう
わたしはいつの間にか
その委員長になつていましたよ

静かな
あなたの笑《え》みのなかに
烈しいものがみなぎるのを
わたしはいつか
感じとつていました

姿

先生はもう人間を超えて
光つていられた

立つていられるお姿の
坐つていられるお姿の

観音さまのような
匂うような美しさ

美しさ

先生の美しさは
どこからくるんだろうか
あゝ
無求にして無着の
菩薩のような美しさ

鶯

最大の人は世から知られずに過ぎる
ヴィヴェカーナンダ

先生とお話している間じゅう
鶯が鳴いていた
それは
天妙の楽かと思われた

朝の光が
広い庭の一葉一葉に照つていた
それは
彼岸の園かと思われた

先生を中心として
私達親子五人
あたたかい御飯をいただいた
あゝ
それは
あの聖家族の絵を思わせた

何という不思議か
私はそのときエル・グレコの本だけを
旅の鞄に入れていた

温泉《いでゆ》の池には生けるものの如く
白い湯気が絶えずのぼつて
日の照り翳りで
虹のような美しさを添えた

貧しいものに与えられた
この幸せを
私達はどうして忘れ得よう
たててくださつた
一碗のお茶にも
一期一会のありがたさが
体中に沁みわたるように感じられた

仏母のように

三人の子を
しつかと見てくださつた
あのおん目

静かに
暖かく
迎えてくださつた
あのおん声

いつまでも
振つていられた
あのおん手

それがいまも
見えてくる
聞えてくる
仏母のように

天上と地上と

月の照つていたことが
先生を一層神々しくさせ

母を亡くしたことが
私を益々先生に近づかしめた

天上の美しさは
地上の悲しみを
暖かく抱いてくれ

先生は山手のお家の方へ行かれ
私は海辺の方へ別れた

港には九四連絡の
白い船が
母の国を離れようとする
私を待つていた

アジアの路地

立ちあがろう
このような危険や
卑しい結託や
ひそかな隷従から
精神を脱却させよう。

ロマン・ロラン

装幀　三輪田俊助
解説　川崎宏
発行日　昭和三十年一月十日
発行所　サンマヤ協会
総数　五四（英訳）
自選　十三（点訳）

序詩

その一

アジアの路地
路地に
無尽のあかりが
射してくるとき
わが思いは終る

その二

わたしは路地が好きだ
始めて訪れた町を
路地から
路地へと歩く
ただしく生きる人たちの
貧しい暮しの
においをかぎながら

その三

路地は
どこもごみごみしている
でもそこには
虚飾がない

路地は
どこもさわがしい
でもそこには
悪意がない

アジアに寄せる歌

ア音を二つ重ねている
このアジアということばは
いいことばだ

でもながいながい
暗い時代であった
光の射さない
貧しい時代であつた
踏み荒された
苦しい時代であつた

そのアジアに
いま日が昇ろうとしている
アジアという
その名が意味するように
ようやく明るいものが
そこからも
ここからも
かがやき出ようとしている

あゝ
寒い寒い北からも
暑い暑い南からも

こえは
こえを
あわせ
さけびは
さけびを
くわえ
あらしのように
新しい時代が
おとずれようとしている

あのこえを
きこう
あのさけびに
くわわろう

たくましい魂

今でも

はだしで歩き
はだかでくらし
牛の糞《ふん》で煮たきをし
一丁の文字さえ知らず
木や石に礼拝する
貧しいアジアの民
だが彼等の魂はたくましい
進んでゆこう

一致《ユニテ》

ロマン・ロランの友の会の一員として

一致《ユニテ》こそわが願い
平和こそわが祈り
友よ
この悲願を
広めてゆこう
手をとりあつて
この道を

ルドンの仏陀

あなたは独りで
長い路を歩いてこられた

成道《じょうどう》後のあなたには
もう苦悩のいろはないが
あまりにも救いがたい現実が
あなたの目と口とを
悲しいまでにとざしている

大きな木々が
あなたに蔭をあたえ
路傍の草花が
あなたに向ってほほえみかける

あゝ仏陀よ
あなたは一本の杖をたよりに
果しない路を歩いてゆかれる

体温

わたしが
世尊のみおしえに
こうもこころをひかれるのは
血につながつているような
あのなんともいえない
体温を感ずるからである

熱くもない
冷たくもない
愛のあたたかさが
体にしみこんできて
胸にあふれてきて

ただただ
このわたしを生かしてくださる
ほのぼのとしたありがたい
体温をおぼゆるからである

朝に夕に

衆生《しゅじょう》尽きなば
我が願いも乃ち尽きん…………

私は小学生のむかしにかえつたように
こえたかく華厳経《けごんきょう》 十地品《じゅうじぼん》を誦《よ》んでゆく
蜜柑の花
薫る朝《あさ》

一に曰く
和を以て貴しとなし
忤《さかろ》うことなきを旨《むね》とせよ…………

私は私の守り仏《ぶつ》
救世《ぐせ》観音のおん前に
太子のお言葉をつつしみとなえる
泰山木の花
匂う夕《ゆうべ》

印度のおとめ

世界仏教徒会議広島大会に列席
した折、この姉妹とならんで同
席した、忘れ得ぬ思い出として。

目のくりくりした
姉妹の
印度のおとめ
ひとりは
金いろの耳輪

ひとりは
銀いろの耳輪

ここにこして
ほとけさまの国
印度のおとめ
姉のマヤさまも
妹のハジャハダイさまも
きつとこんな
うつくしいひとであつたろう

平和をねがう
くろかみの
印度のおとめ

願い

拈華微笑《ねんげみしょう》される

雪山《せっせん》の聖者よ
あなたのおん手の
未開の蓮華を
私にもお授け下さい
花開く日を
私にもお与え下さい

聖なる島にて

四国は聖なる島である
一筋の遍路みちによつて
とりかこまれている
浄らかな島である
木も草も
鳴く鳥も
咲く花も
聖なるいぶきを受け
聖なるいのちを吸い
み仏をたたえて浮ぶ
美しい島である
私はこの島に渡つてきて
人間としての眼をひらき
仏陀の深い心を知つた
あゝ世界にも稀なる島よ
私の念願であるみ仏の教えを
地球のすみずみにまで
知らしめたまえ
争わず殺さずと誓われた
その大きなる教えを

二つの海

三崎半島の佐田の岬にて

二つの海を両断して
長い長い半島が突き出ている
西は瀬戸の内海

東は太平洋の外海
一方は静かで
一方は荒らく
岩も波も
全く異なる姿をして
音をたてている

この二つの海が合するところに
大きな渦となつて
昼となく夜となく
ひしめき
ざわめき
怖ろしい渦が巻いている

その渦潮《うずしお》の分れるところに
白い燈台がある
強い光は
かつての死の海を
今は女神のように照らして

安らぎと救いとを与えている
わたしはこの最端に二夜《ふたよ》いね
朝は日の昇るのを
夕は日の沈むのを
深い心で眺めてきた

あゝ今日も
あの時の思いが
うかんでくる
世界を流れる
二つの流れのなかに
挾まれ
揉まれ
今にも没し去ろうとしている
この国のありさまが

あゝ今も
烈しく聞えてきたこえが

ひびいてくる
光が欲しい
灯《あかり》が欲しい
祖国を照らす
ともしびがと叫ぶ人々の
歎きが
憤りが
祈りが

夢違観音《ゆめたがえかんのん》

いつのころから
この観音に
こうも心をこめて
手を合すようになったのであろうか
亡き母のさびしい夢を
あまりに度々見るからであろうか
食えない苦しい人々の夢を
あまりに屢々見るからであろうか
再び戦争への悪夢を繰返さぬよう
ひたすら希《こいねが》うようになったからであろうか
せつないまでに愛と美にあふれた
この可憐な観音のおん前に
あしたゆうべに私は祈る

千年杉のもとにて

杉村春苔尼先生と過した日の記念として

千年杉の前に立つて
先生と私は柏手《かしわで》をうつて祈つた

さかむらさん
あなたのは
いい音《おと》ね
わたしは
手がちいさくて

そう言いながら
暁光の森のなかで
先生は合掌の
美しい手を
そつとひらかれるのであつた

赤い種

その多くは押し流されようとも
蒔かれた種と働きは
地下に亡びず残るのだ

ザメンホフ

装幀　利根白泉
解説　水上良介
発行日　昭和三十一年一月十日
発行所　サンマヤ協会
総数　五二
自選　十五（点訳）

ねがい

ひとから虐《しいた》げられながら
ひとり死んでいつたひと
そのひとの耳に
そつと読んであげる
そういうわたしの詩でありたい

念ずれば花ひらく

念ずれば
花ひらく

苦しいとき
母がいつも口にしていた
このことばを
わたしもいつのころからか
となえるようになつた
そうしてそのたび
わたしの花がふしぎと
ひとつひとつ
ひらいていつた

朴の実

赤味を帯びた朴の実
この可愛らしい朴の種
これがあの大きな幹となり葉となり
しかもあのまつ白な夢のような大輪の花を
空中たかく咲かせる
すばらしい木に成長してゆくのか
奇蹟でもなければ
神秘でもないだろうが
握つていると生命の不思議な
息吹《いぶき》を感ずる

赤い種

父の名を子司《たねじ》といつた
母の名を夕子《たね》といつた

ふしぎにもふたつのたねは
相呼び相結ばれた
でもこの若い種は
すぐと激しい風雨に襲われた

いくたびとなく阿蘇が荒れ
いくたびとなく火の柱が立ち
いくたびとなく五つの峰に
雪がつもり雪が消え
そのたび父と母の間にも
竹の子のように新しいものが
一つ二つとふえていつた

思えば早く生命《いのち》を終えるものほど
その営みを急ぐようだ
父はまだ幼ないわたしたちを
若い母に托してこの世を去つた
それ以来一つの種が
二つの働きをせねばならなくなつた

あゝ赤い種は悪戦苦闘の
母の涙の塊《かたまり》であろうか
五人の子を一人で育てた
母の愛の滴《したたり》であろうか
火の国生れの母の烈しい
魂の炎であろうか

掌《てのひら》のうえのまつかな種が
わたしに訴える
不幸つづきだつた母の
嘆きを悩みを苦しみを

　母はほとんど種と書かれた。一番最後の便りにはタネとかいておられる。

匂う花

いい匂いがする
いい匂いがすると
こどもたちが
ころがりまわつて
よろこぶ
けさもらつてきた
じんじやの花

—じんじやの花はまた
花めうがともいう—

ハイを覚えそめた真美子に

ハイということばを覚えそめた真美子よ
そのことばは人間の一番美しいことばだ
人間の一番純なことばだ

すやすや昼寝しているときでも
だれかが外で呼んだりするとハーイといって
ぱっと目をさます真美子よ
ハイというお前の返事は
何にもかえがたいほど美しい
今朝ふと目を覚したら
お前はまだうとうとしながら
ハイということばを何度もいっているではないか
わたしはそのいじらしい心にうたれてとび起きた
そしてお前の成長を祈つた
オトウチャン　オカアチャンも
まだよく言えないお前だが
ハイという返事をききたさに何でも頼めば
ハーイハーイと言つて取つてきてくれる愛らしさ
真美子よ
そのまま素直に明るい人になつてくれ
ハイということばは
日本の一番美しいことばだ
女性の一番美しいへんじだ

妻病めば

1

妻病めば
ひとり
ひとり
足の裏
洗ひてぞやる
ひと日
遊びし子の
どろつきし
足の裏
つね日ごろ
よくも見ぬ
足裏の
足にどろつけ
ふとりゆく子の
貧しくも
のびてゆく子の
みたり子の
足の裏
つぎつぎに
洗ひてぞやる
こそばゆきかも
女《め》のわらはゆゑ
愛《は》しきかも
子のわらはゆゑ
爪さへも
妻に似て
我に似て

2

妻病めば
子ら枕べにありて
今日もままごとなせり
何のままごとぞ
こまごまとならべて
売り買ひの

ままごとをなせり
つくしもえ
桃やほころび
をみなごの
お節句くれど
かざるべき
ひなもなし
今年や買はん
来年や求めん
そをつねに言ひつつも
いつも買ひ得ず
貧しさになれて
遊ぶわが子や
さすらひの
旅にしあれば
かなしくぞ見ゆ
いとしくぞ見ゆ
みたりごの
をみなごや

3

妻病めば
朝も
焼き味噌
夕も
焼き味噌

冷えたる飯《いひ》に
お茶をかけ
味噌かけて食《は》む
みたり子の
ひもじければぞ
いくはいも食《は》む

そのさまの
愛《かな》しくも
哭《な》かまほしけれ

好い日

いい映画を観た
かたわらの妻も泣いていた
私もこんなに感動したことは近頃なかつた
あんなに涙を流したことも珍らしいことだつた
人間が一人前になつてゆくには
こんなにもつゝ放され
はずかしめられ
くるしまねばならないか
そしてその苦しみを支えてくれるものは
なんであるか
愛の偉大さのなかにのみ
花がひらき
実をむすぶ
その美しい物語は
家のなかで泣きあうことも
なくなつてしまつた私たちを
まつたく一つ心にして
ふたたび結ばせてくれた
外に出ると
小雨が降つていたが
それさえしつとりと
気持よく受け入れられる
あたたかい心になつていた

心と体

私の心が
燃えている日は
道の草木《くさき》も
光りかがやき
私の体が
躍つている日は
空の小鳥も
凛々《りんりん》と鳴く

はまゆうの花

わたしは待つた
ながい月日だつた
でもおまえは咲いてくれた
時をたがえず
わたしのために

ましろいはまゆうの花よ
おまえとわたしとの不思議なつながりは
おまえとわたしだけが知る秘密の喜び

どこかで音楽がなつている
そのふるえを
おまえも感じているのか
いのち短かい花ゆえに
おまえの一途なはげしさが
じつと見つめるわたしの胸に
ひびいてくる

カタクリと野いばら

おかあさんカタクリつくつてねと
小さい時から体の弱かつたわたしは
病むたびになんど母にせがんだことだろう
あのすきとおつたまつしろいカタクリ
白い砂糖をうんといれて白い匙をそえて
枕もとに持つてきてくださるカタクリ
おなかのいたいのも
あたまのいたいのも
いつぺんになおつてしまうあつたかいカタクリ
カタクリのなかにいつもいる母のおもかげ
あゝ
もうすぐ三年忌がくる
思い出の野いばらの花が
野にも山にもお墓のまわりにも
一ぱい咲き匂うていることだろう
白いカタクリとともにうかんでくる
白い野いばらの花

虹

その一

あれ
父ちゃん
虹が
虹がと
子らがさけぶ

あゝ
東の山に立つ
七色の虹
霊《たま》迎える日の夕《ゆうべ》
子らと仰ぐ
虹のかけ橋
父も母も
あの橋を渡り
会いにきますか

その二

虹だよ虹だよという声をきいて
真美子は着物もきずにかけてゆく

あゝ
二重にかかる
大きな虹

昨日の夕がたは
東の山に立ち
今朝の明けがたは
西の山に立つ
不思議な虹

あの世とこの世とを結ぶ
かなしい浮橋
今日お盆の日にかかる

うつくしい空の橋

初めの日に

その一

なにも知らなかつた日の
あの素直さにかえりたい

一ぱいのお茶にも
手を合せていただいた日の
あの初めの日にかえりたい

その二

慣れることは恐ろしいことだ
あゝ
この禅寺の
一木一草に
こころときめいた日の
あの初めの日にかえりたい

試練

去年の暮から
今年にかけて
病気が続いた
妻が病み
真美子が怪我し
梨恵子が起きたら
佐代子が寝込んだ
うちつづく不幸は
私をぐらつかせ
悪魔は私をそそのかす
尊い幾千の言葉も
苦しむ者を前に見ては

瓦礫《がれき》のように崩れ去ろうとする
この弱さよ
この不信よ
ああいつの日かこの試練に
心から手の合わされるのは

めぐりあい

1

人生は深い縁《えにし》の
不思議な出合だ

2

世尊の説かれた輪廻《りんね》の不思議
その不思議が今の私を生かして行く

3

大いなる一人のひととのめぐりあいが
わたしをすっかり変えてしまった
暗いものが明るいものとなり
信ぜられなかつたものが信ぜられるようになり
何もかもがわたしに呼びかけ
わたしとつながりを持つ親しい存在となつた

4

子を抱《だ》いていると
ゆく末のことが案じられる
よい人にめぐりあってくれと
おのずから涙がにじんでくる

5

めのみえないひとたちとの
ふしぎなめぐりあいが
このごろのわたしに
かぎりないちからをあたえる

てをにぎりあつて
よろこびあう
めしいのひとたちとの
あたたかいまじわりが
いまのわたしに

ひとすじのひかりをあたえる

6

めぐりあいの
ふしぎに
てをあわせよう

静かな愛

人は戦わないでは生きることはできない
―戦わないでは、そして愛さないでは

マルヴィーダ

装　幀　利根白泉
解　説　麦野シゲヨ
発行日　昭和三十二年一月十日
発行所　サンマヤ協会
総　数　八八（点訳）
自　選　六四

友への詩

この詩集を開いて下さる人々へ

かなしみを
あたためあつて
あるいてゆこう

半盲となりて

右眼をつぶると線香の光がぱつと消えた。私はあつとおどろいた。今まで物は見えなくても光は見えていた。今朝はもう、その光さえ見えなくなつた。

（十月十八日）

星

1

星のある
夜の
美しさを
じつと仰ぐ
いつ見えなくなるか
わからない眼で

2

右眼を
とじれば
星
ことごとく消え
秋深む
風の
音のみ

その人

1

救世《ぐせ》の悲願に
生きたまう人

その人を思うて
私も生きてゆく

2

その人を思うて
寝ていると
海のようなものが
胸にひろがつてくる
心配しなくてもいいという声が
その果てから
ひびいてくる

3

その人は
しづかな夜更け
そつと私の病む眼に
手をあててくださる

その姿は見えないが
その声は聞えないが
おん手の重みが
目覚めた瞼に
いつも残つている

4

暗い日々の
暗い夜々の
半盲のあけくれのなかにも
消えてはともり
ともつてはひかるものがあつた
その人の名を呼ぶとき
その人を念ずるとき

夜々のうた

くぼんだ胸に
一本の鉛筆をおいて寝る
夜々のかなしみを
天に訴えようとするのか
過ぎ去つた日の夢を
この手のひらにしるそうとするのか
夜ひらく花の
かすかに揺れる心を
遠い人に綴ろうとするのか
外はしろがねのような夜であるが
心は暗い難破船にも似た
重いかなしみに襲われる
白い鉛筆はすでに折れ
疲れた手は石のように冷たい
あゝ
生きとし生けるものの歎きのなかに
わたしははや疲れてしまつたのであろうか

夜半にめざめて

ヒマラヤの山の頂の湖に
めしひの魚の住むといふ
夜半《よは》にめざめてその魚の
悲しみ思ふ我が身となりぬ

花に向いて

罪業《ざいごう》の深さよ
視力を失なおうとする眼に映りくる
花の清さよ

肩をならべて

めしいの人と肩をならべて行く

めしいの人の歎きをききながら行く

夢

母が亡くなられてから
私の体が急に衰えてきたのだろうか
半盲となりて
しきりにみる母の夢

とある日

救世《ぐせ》観音のお顔が
かなしみに満ちて
見えることがある
横からひよいと見たときなど
あのほつそりしたお姿ぜんたいが

なんとも言えないかなしみで
一ぱいになつていられるときがある

花の薫り

花の姿はうつらなくなつても
花の薫りだけはじんじんとひびいてくる
そんな日の夕《ゆうべ》の空気はことに澄んで
遠い海の波の音までがきこえてくる

風の音

光を閉ざして
じつと寝ていると
風の音のみがきこえてくる

秋深くなる風の音には
観音のみこえのようなものがある

試　練

この試練を越えよう
これを越えたところに
また一つの新しい自己が
見出されよう

手

千も万もの
手が
わたしをきびしく
うちのめす日

千も万もの
手が
わたしをやわらかく
つつんでくれる日

花はひらけど

花はひらけど
わが眼ひらかず
わが心ひらかず

薔薇の花

忘れられたようになつていた
一株の薔薇が
今年はどうしてこんなに咲くのだろう

もう季節も冬に入つたのに
つぎからつぎへと開いてゆく薔薇
視力を失いかけてゆく眼に
ほのかな紅《べに》をふくんだ白い薔薇が
何とも言えず美しく映つてくる

初しぐれ

しぐれ
しぐれ
半盲の身の枕べに
音たてて降る
初しぐれ

一枚一枚の
木の葉を落すように
わたしの悲しみも
うち散らしていつてくれ

夜半のしぐれ

全くの盲目となつてしまつた
おそろしい夢をみて
目覚めていると
夜半のしぐれが
音をたてて降つてゆく

遠い砂漠の果てにでも
運ばれてゆくような
淋しい音である

独り行く

うしろから投げつけられた激しい言葉を

一呼吸ごと消し昼の街を独り歩いて行った

冷たい雨

また視力がおちましたね
そう言われて病院を出る
外には冷たい雨が降っていた

濡れているのは

濡れているのは
わたしだけではなかった
馬も
牛も
港の荷役の人も
濡れていた

眼のつぶれたアヌルダ

ひとり寝ていると
眼のつぶれたアヌルダのことが
よく浮んでくる

針に糸を通してもらって
涙ぐんでいる
アヌルダの熱い涙が
じいんと伝ってくる

そんな夕《ゆうべ》は
わたしも精舎の静かな庭で
世尊に向いあっているような気がする

冬木の森

冬の木は
どれもいい

赤い実が
たくさん
落ちていて
小鳥が
一ぱい鳴いていた

許広平さんの
「暗い夜の記録」という本に

暗いひるの
暗いよるの
あけくれに
あなたの本は
生きるちからと
生きるのぞみとを
与えてくれます
枕べにおいているだけで
あなたの強い声が
伝ってきます
　わたしは生きなければならない
　どこまでも生きなければならない
　しつかと生きていかなくてはいけない
　万難を排して生きていかなくてはいけない
そう叫ぶ
あなたの言葉が
心弱くなつているわたしを
天の言葉のように力づけてくれます
※許広平さんは魯迅夫人

妻と子らに

わたしの視力の
弱ってゆく日でも
子らよ
朗らかにあれ
妻よ
気をおとすな

雲

ゆく雲の美しさ
称名《しょうみょう》のこえおのづからなる日の

湯たんぽ

妻が湯たんぽを買ってきた
なにも考えず
一日湯たんぽの上に足をのせて寝ている

空の一角から

迷うな
迷うなと
空の一角からきこえてくる声がある
いましがた飛んでいった
小鳥たちのこえであろうか

かなしみ

1

なんとも言えぬかなしみが
潮のように満ちてきて
じっと寝ていられぬときがある

2

なんとも言えぬかなしみが
潮のように引いていったあと
まもられている自分に涙することがある

鶴の眼

もう北の国には
鶴が飛んできたという
いちにち目をつぶって寝ていると
鶴の澄んだ眼がしたわれる

坐

その人を思い落葉のなかに坐す
風なきに散る落葉のなかに

光

先生のお写真をあおぐと
ふいとくらい心が消えて
あかるい光が射してくる

限りなき手

限りなき手に抱かれて
限りなき涙あふるる
数々の果物を枕べに置き
早く癒えよと励まし給ふ

花

1

毎日寝ていると
自然に生活が簡素になつてくる
いつか花と私だけになつてくる

2

一日寝ている父親のため
花をもらつて帰つてくる
子のこころのいじらしさ

3

つわの花が
もう咲いたのか
坐禅のかえりだという
若いひとたちから
今朝もらつた
わたしの好きな

冬の花

み仏のような

わたしに揉ませてください
わたしに鍼《はり》をうたせてください
先生の御病気は
わたしたちの念力で
きつと癒してあげますと
あんまさんたちが
言つてくださるおことば

じつと寝ていて
涙のにじんでくる
みほとけのようなことば

影

眼帯をかけ黒眼鏡をかけ
独り歩いてゆくわたしの影を
黒い犬が踏んで行く

業苦《ごうく》の夢

どうして毎夜のように
あんな恐ろしい夢を見るのだろう
あたまつるつるの亡者《もうじゃ》どもがきて
地獄の入口まで引きづってゆく
業苦の夢をくりかえすくるしさ

雨

一枚の葉書をかくと
もうぐつたりと疲れる
あの人へのごぶさた
この人へのごぶさた
音たてて降る
雨のわびしさ

灸

背中に　十二
左肩に　一つ
両足に　一つづつ
身を焼き
心を焼く
十五の灸

詫びる

視力のみだれが
わたしの心までもみだして
かなしませなくてもいい妻を
今朝はかなしませてしまつた
冷たい雨の降るなかを歩きながら
ゆるしてくれゆるしてくれと
なんども詫びた
自分の未熟さが
吹いてくる風に
刺されるように痛かつた

幻影

雨に濡れて歩いている
半盲の身のわびしい姿を
父や母は
あの世から
どんな思いで
見つめていられることだろう

暮れの街の雑踏のなかで
ふと浮んできた
さびしい日の
さびしい父母の幻影

暗い日

寝ているわが枕べのラジオが
オネスト・ジョンの
試射弾の響きを伝える

暗い日が一層暗くなり
目を閉じたまま
寝返りをする

勇　気

よいことをするには
わるいことをするよりも
一層勇気がいる時代になりました
そうKさんに言う
点字器を三台持つてきてくださつた
若いKさんに

こがらし

こころをしづめようと
ひとりお茶をたてる
こがらしのふきまくる
ひとひのさびしさながさ
またすこし視力がおちて
こころもみだれそうになる
さむいゆうべである

夕ぐれ

詩もなき
歌もなき
夕ぐれ

しきりに
鵙《もず》がなく

こころ

ゆたんぽをいれても
かいろをいれても
あたたまらないひは
わたしのこころもさむい

点字

全盲の人となつたつもりで
布団の上に点字器をおいて
アイウエオ
カキクケコ
と書いてみる
一マス一マスがはつきりせず
目の見えない人のかなしみが
一点一点にわかつてくる

あかり

九つの佐代子が
火をおこし
ごはんをたき
おかずをつくつて
たべさせてくれる

夕べ急に冷えてきて
妻のいない日の
父と子の
一つの灯り

ある日ある時

1

目を覚ますと枕べに
真美子が拾つてきたという
大きな銀杏の葉があつた
それを手にとつて
眺めていると
風に吹かれて散る
大木の壮絶さが
気弱くなつている私を
力づけてくれた

2

来た手紙を
妻に読んでもらう
こんな生活を
考えたこともなかつたが
さびしいながらも
こころかよわす
あたたかい世界が
あつたのだ

3

子供たちは学校へ行き
やつと静かになつた枕もとで
妻がむいてくれる富有柿

4

暮れやすい日の夕ぐれ
妻の帰りを待ち
幼ない子らといる
さびしいのか
わたしの寝ている布団に
足を入れにくる子どもたち

5

夜が明けてくる
もずのこえがする
すずめのこえがする
生きたい生きねばならぬ
まだまだしなければならない
わたしの仕事が残つている

便り

杉村春苔先生に

美しい文字の
優しいお心の

お便りを読んでいますと
世界の海を渡つてきた
大きな船の灯りのようなものが
わびしい
わたしの心にも
ともつてきます

まもなく春がまいります
わたしの目にも
ふたたび光が
よみがえつてくることを信じ
力をだして生きてまいります

両　手

わたしが病んでから
十一の梨恵子と
九つの佐代子が
右の手となり
左の手となつて
仕事をしてくれる
今日も二人で
風呂の水をくんで
わかしてくれる

待つこえ

いちにち寝ていて
待たれるのは
子どもたちが
帰つてくることである
お父ちゃん
ただいまと
小鳥のように
こえはりあげて
元気よく

帰つてくることである

そして学校であつた
いろいろのことを
口早に
枕べで
話してきかしてくれることである

この子らのために

お父ちやん
お嫁さんを見に行つてくるよ
そう大きなこえで
二階に寝ているわたしに告げて
三人の子が行つてしまうと
あとは静かな雨あがりの午後
妻も編物を習いに行つて留守

ひとり目をつぶつて
早くなおりたいと一心に祈る

護らせたまえ

子らをうえさせぬため
妻をかなしませぬため

春になつたら
勤めに出よう
護らせたまえ
護らせたまえ

生と死

春がきたら、春になつたらと、念じてきたわたしであつたが、三月五日の午前一時ごろ、全身に激痛を覚え、それから昼も夜も間断なく苦しみ、ながい絶食と、襲いくる死の恐怖のなかに、身も心も全く弱り果てていつた。

あの世から
わたしをつれにくる
悪魔たち

いく夜もつづく
死とのたたかい

雨の音

愛する者への
別れか
雨が
音たてて降る

幻

杉村春苔先生へ

二度まであなたは
わたしの枕べに
立つてくださつた

いまでもありありと浮ぶ
あの夜のあなたの
尊いお姿

香

もう幾日
なにひとつ

喉を通らぬわたしに
あなたが持つてきてくれた
沈丁《じんちょう》の花の香が
悲しいまでしみとおる

白泉先生の手

1

あなたの手にかかると
すべての臓器が
こうもおとなしくなるのか
やつと息がつけるようになり
死の苦しみから解き放たれる

2

偉大な医王仏のような
あなたの強い手
たけりくるうすべての臓器を
しずめてくださる
不思議な手

白泉先生の言葉

〝自分を生かすのは自分ですぞ〟と
叱りとばすように
枕もとで言われた先生の言葉が
消えようとしていたわたしの生命に
火をつけた
四十度ちかい熱のなかで
わたしは皿のなかのものを
つかんで口に入れた

静かな愛

もしもこれが
奇蹟と言えるなら
奇蹟と言おう
悶絶するような
苦しみの果てに
わたしを蘇《よみが》えらせた
あの光を
あの静かな
愛の光を

夜明けの光

夜明けの光がにじんでくる
不思議に生き耐えた
わたしをつつんでくれる
この清らかな光よ

鯛

消えようとした火が
また静かに燃える朝だつた
妻は一匹しかなかつたからといつて
大きな鯛を買つてきた

桃咲く

病いが
また一つの世界を
ひらいてくれた

桃
咲く

朝の眼の中に

私たちはたがいに助け合おうとするべきです。
人間とはそういうものなのです。
私たちは他人の不幸によってではなく
他人の幸福によって生きることを望みます。

チャーリー・チャップリン

装幀　山口功
解説　柳田静江
発行日　昭和三十三年一月十日
発行所　サンマヤ協会
総数　六一
自選　十四（点訳）

富士を愛す

富士を愛す
富士を愛す

一九五五年五月十日

こんなに富士のことを思つたことはない
こんなに富士のことを悲しんだ日はない

ラジオの録音ニュースの時間
霊峰富士へ撃ち込む米《べい》自走砲の
はげしいとどろきをきいたとき
私の富士への愛が
かつてないほど強まつた

あゝ
この音を
この響きを

政治家はいつか忘れ去るだろう
インテリもいつか忘れるだろう
でも決して忘れない人々がいる
いつまでもいつまでも
耳から放し去らない者達がいる

富士を誇る山の子らと共に
私は富士を愛す
富士に手を合わす山のおじいおばばと共に
私は富士を愛す
富士に生きる山のおとおおかあと共に
私は富士を愛す
この無謀に憤る山の若ものやおとめと共に
私は富士を愛す

山麓の富士吉田の民よ
四国の伊予吉田の里より
私は砲煙におののきふるう
富嶽の小鳥を思う

海の貝さえ

山だけが
火を吐くのではない
石も叫ぶ
木も唸る

海の貝さえ
歎きを綴る

海　亀

けさは海亀が卵を産むときの
くるしくてうめく
いのちいちずのこえをきいた
むろんラジオの録音でだが
わたしは胸が一ぱいになつた

海亀は産むときに
ぽろぽろなみだをながすそうだ

うをん
うをん
うをん　と
ふとい　といきがつづく

わたしはあのつぶらな眼から
ながれ出るなみだのつぶつぶが
目に見えるように思われ
感動してそこらじゅうを歩きまわつた

やがて百八の卵を産み終えて
海へかえつてゆく
大きな海亀の
安心感か虚脱感か
しやり　しやり　という砂の音が
私の耳からはなれなかつた

過海大師像賛

私はあなたの瞼に深林のような慈愛を感ずる
私はあなたの額に大海のような叡智を感ずる
私はあなたの眉に喬木のような意志を感ずる
私はあなたの耳に時雨のような郷愁を感ずる
私はあなたの肩に巨岩のような信念を感ずる
私はあなたの胸に火山のような情熱を感ずる
　山川異域
　風月一天
私はあなたの像に長江のような孤独を感ずる
　※過海大師は鑑真和上《がんじんわじよう》のこと

光を吸へ

朝《あした》は
太陽に向つて
その清らかな
光を浴び
夕《ゆうべ》は
月に向つて
その静かな
光を吸へ

子らゆゑに

子らゆゑに
虚無にもならず
子らゆゑに
悲しみに耐へ
子らゆゑに
死にもせず
子らゆゑに

生を愛す

壺

壺の
美しさよ

からつぽの
からつぽの

壺の
美しさよ

火をくぐつてきた
このからつぽの

壺の
美しさよ

紅梅

昼間《ひるま》見た
古木《こぼく》の
紅梅の
艶《あで》やかさが
不眠の僕を
一層不眠にする

かつて読んだ
童女紅梅の物語は
あれは小波《さざなみ》さんの本であつたか

触るれば
恥じらいのように
赤みを増す
南国の紅梅は
老いゆく僕に
唐詩情炎の

美韻をさえ
ひびかせる

朝の眼の中に

朝の眼の中に
エベレストの
七色の雲がうかび

夕の眼の中に
クリスマス島の
狂つた雲がうかぶ

一致《ユニテ》こそ
わが願いなれど
この二つのものの中に
漂うわれら

大乗寺墓地林

石の下に眠れる人は静かなるかな
赤・黄・とりどりのもみぢ
綾なす衾《ふすま》とも散り敷き
薄き日のかげ
雲のうごきにかげり
啼く鳥の声も澄みたり

われら三人《みたり》
歩みては佇ずみ
佇ずみては歩み
夏炉冬扇《かろとうせん》の話などしつつ
欝憂の心を放ちぬ

石の下に眠れる人も
聴き給ふかな
この心
この願ひ

一筋に生きむものをと
かたみに誓ひ
美しき落葉踏みつつ
語りけることを

輪廻《りんね》の薔薇

路傍の
地蔵菩薩さま
母が咲かせた
一輪の薔薇を
あなたにささげて
私はふるさとを
立ち去ります

ここは
母が生き耐えたところ
どこを歩いても
母のあしあとを感ずる
悲しい処です

地蔵菩薩さま
十善の修業も積まぬ
不孝のわたくしですが
せめてこのささぐる花を
受けとつてください
六道化益《けやく》の
あなたのお力によつて
不幸だつた母を
あの世で幸せにしてください
花好きだつた母が
この世にのこした
真紅《しんく》の薔薇です

わたくしもあなたのみ名をとなえて
無間《むげん》の罪を除きたいと存じます

ちゃんちゃんこ

ちゃんちゃんこの季節がきた
ことしもちゃんちゃんこをきて
冬をすごそう
高村光太郎さんの
ちゃんちゃんこ姿
あれは実にいい
厨房でも工房でも炉辺でも
太田村山口の山小屋でも
亡きがらをおさめた棺の上の写真でも
あの縞のちゃんちゃんこ姿だ
きけばあれは智恵子夫人の
かたみの着物でつくられたという
いい筈だ

久松真一先生のちゃんちゃんこ姿も
実によかつた
処は塵ひとつない
京都妙心寺内の春光院
いい音《ね》のする喚鐘がかゝつていて
澄心幽居の
先生の高風が一層しのばれた
それから利根白泉先生の
ちゃんちゃんこ
これはまた格別いい
童顔仙眉
その笑いは天竺までひびくような
残つている奥歯の一本まで見えるような
超脱市井《しせい》の明るさ
天井からは野草薬草の袋が
南方ユーカリ樹《じゅ》のようにさがり
部屋は六畳を天地とする
維摩《ゆいま》の世界
そのなかに坐して話術縦横の
ちゃんちゃんこの先生

あゝわたしもちゃんちゃんこを着よう

母のにおいの残る着物でつくつた
ちやんちやんこを着こんで
風邪の鬼どもをおつぱらい
冬を元気にすごそう

茶と詩

柳田静江さんに

心かなしむ人のために
心すさびた人のために
心からおいしく飲んでもらう
一服のお茶を
進ぜられるようになりたい
そうあなたは言われる

心くるしむ人のために
心きづついた人のために
心からうれしく読んでもらう
一篇の詩を
作り得るようになりたい
そうわたしは答える

そのたび私たちを結んでくれるのは
東洋に伝わる
深い慈愛の教えであつた

海にて

海からの風を
今日も吸いにゆこう
身にうけた荒々しい
言葉の数々を
この海に放ち棄てよう
濁り澱んだ
苦汁の吐息を
この海に吐き棄てよう

海から吹いてくる風には
たらちねの乳の香《か》がする
ふるさとの花の香《か》がする

静かな波の音には
生き耐えてゆけとの
大いなる人の教さえ
こもつている

春の泉

私の課題は
私を成熟せしめることだ

リルケ

装　幀　山口功
解　説　飛鷹節
発行日　昭和三十四年一月十日
発行所　たんぽぽの会
総　数　八八（点訳）
自　選　十六

念ずる心

善根熟するまで
念々怠らず精進して
自己を作つておこう
そしたら
春風吹き来つた時
花ひらくことができ
春雨降り来つた時
芽を出すこともできよう

一字一輪

字は一字でいい
一字にこもる力を知れ
花は一輪でいい
一輪にこもる命を知れ

花無心

濁りなき身に
濁りなきものの寄り来る
濁りなき心に
濁りなきものの映り来る
濁りなきものを恋い
路傍の花に向う

花無心にして
蝶来り
蝶無心にして
花開くとや
噫々

※花無心、蝶無心は
良寛詩句

朝顔夕顔

朝《あさ》は朝顔の花のように
あかるく輝いていたい
夕《ゆうべ》は夕顔の花のように
ほんのり匂うていたい

紅いバラ白いバラ

旅から帰つてきたら
紅白のバラを
玄関に活けてあつた
紅いバラをかいでみた
子供たちのにおいがした
白いバラをかいでみた
妻のにおいがした

茶の花

茶の花が
もう咲いている
垣根に
かすかに
ほんのりと

わたしも
ひさしぶり
お茶をたてよう
ひとりしづかに
しんみりと

果物

果物屋には
いつも季節の果物が

色うつくしく並んでいる
そしていつもわたしに
こんなことを告げてくれる
一華《いちげ》開いて
果自然《かじねん》に成《じょう》ず
励めよや
励めよやと

自戒ノウタ

小サナ家ニイテモ
ココロ貧シクナルナ
マズイモノヲ食ツテイテモ
物欲シクナルナ
耐エガタイコトガアツタラ
一本ノ木ヲ見ツメテ勇気ヲ出セ
生命ヲツカムタメニハ
素直ニナラナケレバナラヌ
アセラズ
クニセズ
シズカニ
ジブンノ道ヲ
マツスグニ行ケ

雪山童子《せつせんどうじ》

ヒマラヤの風は身を刺すようだ
童子は寂かに坐つていた
降る雨は彼の涙であつたろうか
鳴く鳥は彼の叫びであつたろうか
あけてもくれても解脱《げだつ》の尊い教えの扉は
かたく閉ざされていた
千古の氷雪のように
彼の眼はますます光つていつた

二度目の春がきても
三度目の春がきても
数えきれないほどの春がきても
解脱の門は開こうとしなかつた

雪山《せつせん》は重く
雪山は重く
坐せども坐せども
びくともしない雪山だつた

雪山軽く
雪山軽くと
いつの日晴々と歌うことができようか
童子はじつと身軽な鳥を見つめていた

超世の願い

このごろの真民よ
なにかお前は俗に堕してゆくのではないか
俗が悪いというのではないが
超然たる詩人の気骨は失つてはならないぞ
嘲笑されても
超世の願いに生きるのだ

濁り流れる

濁り流れる川を見る
渦まきさかまき音たてて
流れるものにひかれゆくわが心
惰性に生きているわれを
励まし鞭うち流れゆく
川の岸べに立ちて思うもの
生きて叫ぶがごとく流れゆく
雨後の川の逞ましさを
わがあけくれに与えたまえと
濁り流れる川を見る

三蔵法師玄奘《げんじょう》の絵像に奉る詩

三蔵法師玄奘さま
この御絵像は
あなたのおいくつごろのものでしょうか
わたくしはあなたの御背《おんせ》の
おびただしい経巻よりも
あなたの一念不退の
その御足《おんあし》に敬首し礼拝いたします
日本のわらじに似たものを履《は》いて
あなたは
大砂漠を
大高原を
大山《ざん》大河《が》を
いくつとなく越えてゆかれました
その強靭《じん》不屈の御足《おんあし》を
じつと見つめておりますと
光がうち出てくる思いがします
わたしはもう幾日
あなたの通られた足跡図を
ながめていることでしょう
夢にさえ見るあなたの行脚《あんぎゃ》の大地図
きようもその行路の
一つ一つを辿りながら
一大発願《ほつがん》の烈しさを
熱風のように感じて立つていました

醗酵するもの

新米で甘酒をつくる
醗酵するものはよきかな
ふつふつと湧きたつものはよきかな
真民《しんみん》よ
卑屈となるなかれ
枯木《こぼく》となるなかれ
死灰となるなかれ

両手の世界

両手を合せる
両手でにぎる
両手で支える
両手で受ける
両手の愛
両手の情
両手合したら　喧嘩もできまい
両手に持つたら　壊れもしまい
一切衆生《しゆじよう》を
両手に抱《いだ》け

山の雪

星々が消え
夜が明ける
遠い山に
雪が光る
梨恵子
佐代子
真美子を
一人一人抱《だ》きあげて
山に積つた雪を見せる

春の泉

たたえられた春の泉には
夜《よる》になると
花よりも美しく星々がかがやき
朝になると
のどをうるおしにくる鳥たちで一ぱいになる
あゝわたしも身軽な衣《ころも》にきかえて
春の谷をのぼつてゆこう
いのちの泉を捜すため
一詩の世界を開くため

梨花

神々の首は真珠となりたり。
そは命をもちて海中を歩む。
われはそを汝に結ぶ、
寿命のために、光栄のために、
力のために、長寿のために、
百歳の齢《よはい》のために。
真珠が汝を守護せんことを

ヴエーダ讃歌

装幀　山口功
題字　著者
発行日　昭和三十五年一月十日
発行所　たんぽぽの会
総数　五六（点訳）
自選　二四

梨花序詩

花咲けば
共に眺めん
実熟せば
共に食《くら》はん
悲喜頒《わか》ち
共に生きん

栂《つが》

1

木篇に母と書いて
なんて読むだろう
きいてみても
だれも知らなかつた
字引をひいて覚えたのは
いつごろだつたろうか

父が死んで
母ひとりが
大木のように生きていた

2

つがという字は
木篇に母と書くので
多くの字のなかで
とくになつかしかつた
だが一ぺんも見たことはなかつた
そのつがの木でつくつたものを
きよう思いがけなくいただいて
いくたびか撫でさすりかいでみた
きめのこまかい美しい線のはいつた
母の肌のようなすべすべした感触が
少年の日の夢をよみがえらせた

少年

幼ない日
山へ水晶を探しに行つた
小さい結晶が
貝のように母岩《ぼがん》にくつついていた

その頃はもう父がなく母だけであつた
少年はいつもロビンソン漂流記を読んでいた

○

雪が降ると
すぐ茶碗を持ち出して
白い砂糖をかけ雪を食つた
新しい雪は少年の舌の上で
チカチカと小さい抵抗を示した
その頃はストロンチュームなどまじつておらず
雪は天国の菓子のようにうまかつた

○

少年は自らを悲しい主人公にした
そのたびに木に登つた
むく鳥がよく来ていた
鳥の悲哀を知つたのも
そのころであつた

○

少年は雪の降る
遠い国の物語を好んだ
ひとり地図をひろげては
スウェーデン
ノルウェー
スカンジナヴィヤ
などの国を恋うた

化身《けしん》の話

おぢいさんには好きなひとがあつた

おぢいさんはその人と一緒にくらしていた
おばあさんはそのおぢいさんの
好きな人との間にできた子を育てていた

おばあさんがぼくをおんぶして
よく化身の話をしてくれたのは
おばあさんがそんなことで
苦しんでいたころではなかつたろうか

竹やぶの上を吹く闇の夜の風を
背なかの孫にじつときかせながら
あれは魔王というて
大そう恐ろしいものだと言つた

またある晩はわたしに
よく目の見えるような人にならねばならない
お祖師さまの目はよく光つて
夜でも見ることができたといつてきかせた
樟の大木があつてその強い臭いが
背なかのぼくを何か悲しくさせた
きつとおばあさんは泣いていたにちがいない

鳥になつたり魚になつたりする化身の物語は
背なかのぼくを早くから孤独にしていつた

梨《り》花《か》

落魄《らくはく》の街にわたしは
そのひとの名を呼んだ

青い霞の果てを
太古からの川が流れ
白い花が一ぱい匂うていた

それは東洋の思惟《しい》がわたしをとらえる頃だつた
梨花は遠い歴史の中から呼びかけでもするように
過去の深さを知らしてくれた

青い羽根の扇を持つ女人《にょにん》のように美しく

大木をたたく

大木に近寄り
大木に触れ
大木を叩く

あゝ手に伝わってくる
大木の情感よ

大木は身をふるわせ
わたしに呼びかけ
わたしに訴える
その一瞬の一致《ユニテ》よ

印度の石

わたしが欲しいのは
印度の石
印度の雨や風がにじみ
さては世尊の足の裏まで知っている石

あゝその石を
耳に当てれば
諸佛諸菩薩の声も聞えてこよう

額に当てれば
我が煩悩も消えはてるであろう

タラクサカムの花

たんぽぽのことを学名タラクサカムという。この六字の中にサカムラの四字が入つていることの不思議を思う。

1

タラクサカムと何度も書いていると
チベットの高原のラマ廟から
鐘のひびきがきこえてきたり
モンゴリアの曠野の果てから
羊のこえや馬のいななきがきこえてくる
そして天地一ぱい夢のように
タラクサカムの花が咲き競い
日が暮れてもなお踊つている
若者たちのこえがきこえてくる

あゝタラクサカムと何度も書いていると
わたしの思いが地球を流れ
わたしの漂泊が始まつてくる

2

日に何度わたしは
ウクライナの地図を出して見ることだろう
タラクサカムの大草原がいつも
現実のように浮んでくるのは
一体どうしてだろう
それはわたしの愛する詩人
タラス・グリゴロヴィチ・シェフチェンコが
忘られないからであろうか
（あゝあの盲目の詩人ワシリイ・エロシェンコ
もウクライナ生れだつたんだ）

早く父を亡くし
貧乏で育つたことが
わたしの辿つた姿と
あまりにも似ているからであろうか

夜明けを仰望し
苦難と戦つてきた
彼の生涯と其の作品とが今にいたるまで
私の心をとらえてやまないからであろうか

わたしは彼の詩を誦し
いつも夜明けの雲に呼びかけてきた

ウクライナのキェフの街になりわたる
寺院のさわやかな鐘のひびきよ
ドニエプル河のゆたかな流れよ

日に何度わたしは
ウクライナの地図を出して見ることだろう
わたしの庭のタラクサカムの花も
春の風に舞いのぼつてゆく
憧れのウクライナへと

3

目をつぶるとタクラマカンの大砂漠があり
天山山脈がその北方に蜿々と連なつている

春の女神はそれらの地方にも
美しい羽根をひらめかしてやつてきた
あゝ
海よりも気が遠くなるような大草原
そこに咲く黄金のタラクサカムの花々
ウズベク
カザーク
キルギス
という国々よ

タラクサカムの花と共にうかんでくる
わたしの夢よ
まぼろしよ

4

わたしの庭にタンポポの花が咲き出すと

わたしはウラルアルタイの大山脈を夢見る
タクラマカンの大砂漠を幻に見る

わたしが幼少より一等好きだつたのは
山脈と砂漠とが太古のように連なつている
中央亜細亜地帯だつた

わたしはスイスよりもフランスよりも
この無限広漠の国を好んだ

わたしの祖先がそこにいたからであろうか
血が血を呼ぶように
わたしはわたしにもわからぬ声がきこえてくる
わけてもタンポポの花が咲くころになると

足の裏の線

わたしの足裏には
一本の長い線が刻まれている
これは長城線であろうか
それともシルク・ロード線であろうか

かつて祖先が天山山脈を
タクラマカンの大砂漠を越えてきた
その時の辛苦のあとが
まだ残つているのであろうか
潮の満干《みちひ》のように
わたしを襲うてくる
西域への郷愁

ウラル・アルタイ語族の原住民を調べたら
わたしと同じ線が
その足の裏にあるのを発見するかも知れぬ

吐いた息が

吐いた息が吸い込めないような
気が遠くなつて倒れてしまうような
中央アジアの果てしない大地
なんという雲の壮大さだろう
時間も空間も絶した
非情の天上天下《てんげ》
玄と称し空《くう》と言う
東洋思惟《しい》の根源が
生誕しているところ
あゝ
天の高さと
地の広さとが
今も太古そのままのところ

観音像

ぼくも北魏あたりの
観音像がほしいなあ

ぼくは次の世では
石になろう

黄花石か
白理石か
ともかく石になつて
幾千年も
幾万年も
待とう
観音像にしてくれる
人間の出現を

いやそんなことも考えまい
風や雨や雪や霰にたたかれ

おのづから観音像になろう

白昼誰もいない山上で
そんな夢をみた

一遍智真

捨て果てて
捨て果てて
ただひたすら六字の名号《みょうごう》を
火のように吐いて
一処不住の
捨身一途の
彼の狂気が
わたしをひきつける

六十万人決定往生《けつじょうおうじょう》の
発願《ほつがん》に燃えながら
踊り歩いた
あの稜々《りょうりょう》たる旅姿が
いまのわたしをかりたてる

芭蕉の旅姿もよかつたにちがいないが
一遍の旅姿は念仏のきびしさとともに
夜明けの雲のようにわたしを魅了する

痩手《そうしゅ》合掌
破《は》衣跣《いはだし》の彼の姿に
わたしは頭をさげて
ひれ伏す

罪業消滅《ざいごう》

一人の若い人が純粋なあまりに
死をえらぼうとしている時
もしもわたしの詩を読んで
生へと転換することができたら

一人の重患者が何もかもまつくらになり
立ちあがる力もなくなつている時
もしもわたしの詩を読んで
暗黒を光明へと転ずることができたら

一人の寡婦が残された子のため
思いつめて路頭に立つている時
もしもわたしの詩を読んで
身をけがさずにすむことができたら

一人の身よりのない老人が
さびしく息をひきとろうとする時
もしもわたしの詩を耳にして
微笑《ほゝえ》みながらあの世へ行くことができたら

一人のかつぎ屋さんが
つかれて木の蔭に休んでいる時
もしもわたしの詩を読んで
明日の希望に生きることができたら

一人のひかりを失つたひとが
もしも何かの縁でわたしの点訳詩を読んで
心のなかにともしびのようなものが
ともることができたら

詩にとり憑《つ》かれて不孝不実を重ねてきた
これまでの罪業も消滅するかも知れない

甘い考えだと笑う人もあるだろうが
昼のがらんとした部屋に独り病み臥していると
ふとそんなことが思われてならなかつた

若き観世音

杉村春苔先生筆

どんなにつき放されても
どんなにうち倒されても
どんなにうらぎられても
どんなにさげすまれても
まもつてくださるだろう
このわかきかんぜおんは

ゲテモノ

ボクガスキナモノハ
ゲテモノ

ツカワレレバ
ツカワレルホド
イキイキシテクル

ゲテモノ
ツボデモ
トクリデモ
チヤワンデモ
サラデモ
チヨツトソツトデハコワレヌ
ゲテモノ

ハコガキサレタリ
ガラスノケースニイレラレタリ
クラノナカニトジコメラレタリスルコトノナイ
ゲテモノ

ジユウデ
ノビノビトシテイテ
コビモセズ
アタマモサゲズ
ヒトリデチヤントソンザイシテユク
ゲテモノ

カタヲハラズ
イバリチラサズ
スナオデ
キモチヨク
フヘイヤナキゴトナドイワヌ
ゲテモノ

雲と水と石と

雲は
わたしの息吹《いぶき》

水は
わたしの生御魂《いきみたま》

石は
わたしの化身《けしん》

乾《けん》山《ざん》

乾山　と
彼は筆太々と書いている
天地もないほど一ぱいに書いている
自分の狂気をこの二字にぶっつけている
彼は七十になって少女のような女を妻とし
江戸へ駈落ちをした
日本乾山　ともしるしている彼
彼こそ奔放自在
無垢裸形《らぎよう》の陶工だ

こつこつ

こつこつ
こつこつ
書いてゆこう

こつこつ
こつこつ
歩いてゆこう

こつこつ
こつこつ
掘ってゆこう

石の声

ひかっている
石のつめたさ
だまっている
石のむなしさ
またしぐれが
濡らしたのか
耳をあてれば
泣く声がする

ただ一人の知己を

ただ一人の知己《ちき》を得ようと
木や草は
花を咲かせているのであろうか

ただ一人の知己を得ようと
虫や鳥は
声を立てているのであろうか

ただ一人の知己を得ようと
山や川は
存在しているのであろうか
幾万年も幾千年も

無心無礙《げ》

雲の

あのかたち
無心なるもののうつくしさよ
水の
あのひびき
無礙なるもののこころよさよ

用　意

お呼びがあつたら
いつでも行ける用意をしておこう
そう自分に言いきかせておりながらも
なかなか出来難いものである

ことしも木々に花が咲き実がみのつたが
いつになつたらわたしは自己放棄ができようか

椎の木の林に来て
椎の実の落ちるを聞く

零《ゼロ》

死ンダラ
コオロギノヨウニ
カラカラニナリ
冬ノカラツ風ニ吹キトバサレテ
ワレトワガ身トヲ零ニシヨウ
ソウキメタラ
胸ノアタリガスウツトシテ
体モ軽クナツタ
雲ノ姿マデガ
キノウト変ツテ
惚々ト眺メラレルヨウニナツタ

痩せた体を

道後宝厳寺《ほうごんじ》にて

痩せた体を

今はもう悲しむまい
いらないものが
すべて去つていつて
残るものだけが
残つた姿だと思えばいい

あゝやつと訪ねあてて
一遍の像に接したとき
骸骨のようなその体から
わたしはかつてない熱い生命を感じた

つくつくぼうしが
しきりに鳴いていた
小さい体から出る
その声は
彼の絶え間のない
捨身一途な
名号《みようごう》のように思われてならなかつた

川は海に向つて

川は海に向つて流れます。
川がわたしたちをつれて行つてくれます。
川といつしよに溶けるだけでいいのです。
何も澱まないこと！
前進する生命……前進です！
死の中においてすら、波がわたしたちを運んで行きます。

ロマン・ロラン

表紙　斉白石
題字　著者
発行日　昭和三十八年十月五日
発行所　たんぽぽ堂
総数　五〇
自選　十八（点訳）

やさしいうた

立ちあがるアフリカに

黒い父よ
黒い母よ
わたしは呼びかける
やさしい月に
ながかつた君たちの悲しみを

黒い若者よ
黒い乙女よ
わたしはほゝえみかける
やさしい花に
立ちあがろうとする君たちの願いを

黒い子らよ
未来の天使たちよ
わたしは祈りつゞける
やさしい神に
ひらかれてゆく君たちの幸せを

い も

1

いもはいつもいきごんでいる
いいいもになろうとしている

2

ばかにされてもわらわれても
いもはいつも平然としている

3

見えないところで
自己をつくつてゆくものたちの
すばらしさよ
わたしは目をみひらいて
いもを見る

4

海の気をいつぱい吸い込んで
大きくなつてゆくいも
四国のいも
天下一の伊豫のいも

晩年の佛陀

わたしは晩年の佛陀が一番好きだ

背中が痛い
背中が痛いと言いながら
あるときはただ一人で
あるときはアナンと二人で
老樹の下や川のほとりで休んでいられる
八十ちかい釈尊の姿に
一番こころひかれる

小鳥たちも相寄つてきたであろう
野の草たちも相競つて咲いたであろう

そのころの佛陀は
もうわれわれと少しも変りのないお姿で
静かにすべてを抱擁し
一日でも長く生きて
一人でも多くの者に
あたたかい教えを説いてまわられた

父のように慕わしい
晩年の佛陀よ

石

愛石展で見た
一箇の小さい石

それは他の石とちがつて
人を拒絶する鋭さがあつた
今にも叫び出すような
俊英さがあつた
おれはこれでも
地球の一角《いっかく》だぞという気魄が
あたりを圧していた

タクラマカン

タクラマカンなんて
あんな砂漠の
どこがよいのか
そこには木ひとつ
はえていないじゃないか
鳥一羽
とんでいないじゃないか
だのにおまえは
どうしてあんなところに
こころひかれるのか
わけはきかないでくれ
わたしにもわからないのだ
きつと先祖の血のせいかも知れぬ
足の裏の線をみていると
いつもそんな郷愁に
おそわれるのだ

この生き方を

鳥はできるだけ高く飛ばねばならない
それにはできるだけ
わが身を軽くしなければならない
そしてそのためにはできるだけ
すくなく食をとらなければならない

播かず
刈らず
倉に収めず
明日の日の糧《かて》を求めず
すべてを天にまかせて
彼等はその日その日を
生きているのだ

酉歳生れの真民よ
この生き方を学べ

ザコ

カラダノワリニ骨太デ
口ニ入レルトチクリトヤラレル

ドウモザコトイウ奴
煮テモ
焼イテモ
シマツガワルクテ
死ンデモ根性ノヨウナモノヲ持ツテイテ
オモツタヨリシブトイ奴ダ

ダカラコソアンナ小サイナリデ
大海ニモ生キテイラレルダロウガ
ザコヨ
泣キゴトナンカ言ウナ

ザクザクト
子ヲ産ムンダ

詩心決定《けつじょう》

地ハ
石ヲ以ツテ
骨トナシ

我ハ
詩ヲ以ツテ
骨トナス

存在

ザコはザコなり
大海を泳ぎ

われはわれなり
大地を歩く

白金《はっきん》の骨

たとえどんなに短かい詩であつても
その中には一すじの骨が
白金のように
キラキラと光つていなくてはならない

火にも鎔《と》けず
水にも腐らない
一条の筋金が
貫かれていなくてはならない

さてそれをわたしは
どこから得ようか
乾坤《けんこん》凝りて
不壊《ふえ》の白金となるまで
詩に生き
詩に痩せねばならぬ

骨笛

朝《あした》にひびく骨笛
夕《ゆうべ》にひびく骨笛
死んだら鳥葬にする民族たちが吹く骨笛は
りようりようと冴え
木ひとつない石の山にこだまして消えた
そこには天国もなく地獄もなく
死は地水火風空と一切を零にした

空には一きれの雲もなく
大地は乾燥しきつて
禿鷹の群れが死体をさがしまわつていた
その時わたしの心をゆさぶるものがあつた
あの若者のように一途にけんめいに
父と母とからもらつたこの体を
独自の笛として吹き鳴らしてゆこうと
あゝ
今でもあの骨笛の音がわたしをかりたてる

アワゴンさんへ

それは一九六一年も
暮れようとするころであつた
　愛媛県宇和島市妙典寺前
　　タンポポ堂殿
という一通の手紙がとどいた
美しい南海魚の切手がはつてある
ふしぎに思つて裏をみると
　沖縄県国頭郡伊江村
　　阿波根昌鴻
と書いてある。

沖縄には一人の友もないのに
どうしてこんな手紙がきたのであろう
中をひらいてみてもわからなかつた
そのうち年も明け幾月かたつうち

アワネではなく
アワゴンと読むことや
伊江島という処が
どんなに悲惨な島であるか
またアワゴンさんと私とをつないでくれたのは
私の書いた地球儀という文だつたことが
しだいにわかつてきた

アワゴンさんは訴える

　砂糖きびを刈つている者は
　刈つている姿のままに

　水汲みに行つた者は
　桶をかついだままに

　草を運んでいた者は
　草をかついだままに
　死んでいましたと

わたしはかつて霊峰富士へ打ち込む
米《べい》自走砲の試射弾に
烈しい怒りをぶちまけた詩を
作つたことがあるが
アワゴンさんの訴えを読んでいると
その時にもまして強い憤りを感じた

霊峰富士といつても山である
だがこれは生きている人間への直射弾だ

アワゴンさんの言葉は続く

Ｅは即死しました
二十八才の若さで
赤ん坊をのこして
手首と足首とが
吹つとんでいました

Ｇも即死でした
盲目の父と
五人の子を残して
左足ははねとび
左手は附根から
なくなつていました
二人とも農耕中でした

アワゴンさんの訴えのしずけさは
長い間の苦しみに耐えてきた人だけが持つ
ふかい迫真性をもつている
わたしもまたスローガン的な言葉はやめよう

どうすればよいかすぐにはわからないが
わたしは稲妻のひらめく夜空を仰ぎながら祈つた
祈つたとて何の力にもならないとわかつていても
わたしはこの気持だけでも伝えたかつた

飛びゆく鳥よ
この詩をアワゴンさんにとどけてくれ

軽く立つ

軽く軽く
行動しよう

飛鳥！　飛花！
これがこれからの
わたしの姿であれ

不要なものはすべて捨て去つて
雲のように
水のように
なにごとにも執着せず
自然に身をまかせてゆこう

重く坐して
軽く立つ！
これがこれからの
わたしの行き方であれ

一呼吸これ三千世界

一呼吸
これ
三千世界

言葉はわかつているんだが
こういう心境にはなかなかなれないものだ
鳥が飛んでいるのを見よ
魚が泳いでいるのを見よ
彼等はちやんとこの呼吸を
生れながらにのみ込んでいる
まつたくえらい奴らだ

体の中の鶴

わたしの体の中には
一羽の鶴が宿つている

孤独になれば慰めてくれ
不遇になれば励ましてくれ
蹉跌すれば救つてくれる
ふしぎな鶴である
時にはひどくよごれ
羽根もぼろぼろになることもあるが
天に向つて飛び立とうとする気概は
一度も失つたことがない
考えてみるとこのような鶴は
母の体のなかにもいたようだ
きつと母がわたしを孕《はら》んだとき
その血をわけてくれたのであろう
孤独ではあるが孤立はしない
和しはするが同じはしない
わたしの体のなかの鶴よ
わたしはおまえと共に生き
おまえと共に老いてゆこう
わたしの鶴よ
大事な鶴よ

九〇歳のラッセルと
八〇歳のコダイと

九〇歳のラッセルは
哲学で訴える
八〇歳のコダイは
音楽で抗議する

原水爆などつくらない
核武装などしない
世界の平和と
人類の幸福とを
若い人たちの先頭に立つて
呼びかける

新しい時代の本当の哲学は
新しい時代の本当の音楽は
いかなるものであるか
どう学びとらねばならないか

そのようなことを
身をもつて示してくれる

怒りを失つた哲学に
訴えを失つた音楽に
新しい息吹を与え
神々の願いと
復活とを伝えてくれる

鶴のように痩せたラッセル
夫婦でピアノに向うコダイ
ラッセルは鷹のように精悍で
コダイは鳩のように柔和だ
あゝお互い
ラッセルと共に考えようではないか
コダイと共に歌おうではないか

※バートランド・ラッセルはイギリスの大哲学者
ゾルタン・コダイはハンガリー最大の音楽家

なにかわたしにでも できることはないか

〝なにかわたしにでも
できることはないか〟
清家《せいけ》直子《なおこ》さんは
ある日考えた

彼女は全身関節炎で
もう十年以上寝たきり
医者からも見放され
自分も自分を見捨てていた
その清家さんが
ある日ふと
そう考えたのである

彼女は天啓のように
点字のことを思いつき
新聞社に問うてみた

新聞社からわたしの名を知らされ
それから交友が始まつた

彼女は左手の親指が少しきくだけ
そこで点筆をくくりつけてもらい
一点一点打つていつた
それから人差指が少しきき出し
右手の指もいくらかづつ動くようになり
くくりつけなくても字が書けるようになり
一冊一冊と点訳書ができあがり
今では百冊を越える立派な点字本が
光を失つた人たちに光を与えている

〝なにかわたしにでも
できることはないか〟
みんながそう考えたら
きつと何かが与えられ
必ずひろい世界がひらけてくる
年中光の射さない部屋に

一人寝ていた彼女に
手紙がくるようになり
訪ねてくる人ができ
寝返りさえできなかつたのに
ベツドに起きあがれるようになり
あつたかい日はころころがつて
座敷まで出ることができるようになり
ある日わたしが訪ねた折などは
日の当るところでお母さんに
髪を洗つてもらつていた

どんな小さなことでもいい
〝なにかじぶんにでも
できることはないか〟と
一億の人がみなそう考え
十億の人がみなそう思い奉仕をしたら
地球はもつともつと美しくなるだろう
片隅に光る清家直子さん！

乳《ちち》雲《ぐも》

眼球登録をした夜

この眼をささげて
さようならをいたします

この眼をどうか
もう一度使つてください
その手術が成功しますよう
こころからお願いします

そう月に直面して
祈つている空には
美しい雲が流れていた

それは五人の子供たちに
たつぷり飲ませてくれた
母の大きな乳房を思いださせる
乳雲であつた

ちちはよ
あなた方お二人からいただいた
この眼を
もう一度お役にたてさせてください

移植が成功して
こんな美しい月や
愛する人の瞳や
四季折々の花や
夢にも思わなかつた色々のものを
見ることができたら
どんなに喜ばれることだろう

雲よ
その時もどうか今と同じく
西の空から流れてきておくれ
そうして母のように
やさしく月を包んでおくれ
その人を包んでおくれ

もっこすの唄

二度とない人生だから、
できるだけ後悔しないような
生き方をしなくちゃいけない。

森信三先生著
「人生二度なし」より

装幀　利根白泉
題字　著者
発行日　昭和四十年九月五日
発行所　タンポポ堂
総数　六四
自選　三九（点訳）

ねがい

いきとし生けるものの
いぶきを
ぼくの詩のなかに

かたすみに暮らすひとの
かなしみを
ぼくの詩のなかに

よきひとにみちびかれゆく
よろこびを
ぼくの詩のなかに

ゆうやけの雲に呼びかける
ゆめを
ぼくの詩のなかに

ねがい

わたしのねがいは
呼吸を合せることである
石とでも
草とでも
呼吸を合せて
生きてゆくことである

ねがい

わたしは
千の像もつくることはできぬ
千の塔もつくることはできぬ
だからせめて
千の詩をつくつて
捧げたいと思う
不孝不実のつぐないに

あ

一途に咲いた花たちが
大地に落ちたとき
〝あ〟とこえをたてる
あれをききとめるのだ

つゆぐさのつゆが
朝日をうけたとき
〝あ〟とこえをあげる
あれをうけとめるのだ

小さなおしえ

見知らぬ人でもいい
雨に濡れていたら
走つて行つて
傘に入れておやり

バスから降りるときは
疲れた車掌さんに
ありがとうと言つておやり

道ですれちがう
おばあさんたちには
こごえであの世での
幸せを祈つておやり

目の見えない人が歩いていたら
おつ母さんになつたつもりで
手をひいておやり

ねがえりもできず
ねている人があつたら
こおろぎのように
そつと片隅で
愛のうたを
うたつておやり

小さなことでいいのです
あなたのむねのともしびを
相手の人にうつしておやり

難行《ぎょう》

真珠を粉々《こなごな》にして
飲みほしたいときがある
花が咲いても
心は一向にひらかないからである
雨があがっても
少しも曇りがとれないからである

佛陀は樹下石上に坐して
ひたすら妄想をとり去られたが
そんな難行をわたしも
敢てしてみたいときがある

点火

あのとき
あのひとが
かのとき
かのひとが
わたしに
点火してくれた
とおとくも
うつくしい
ひとすじのひかり

発《ほっ》願《がん》

発願に燃えているものは
みな若い
いつまでも年をとらない
あの菩薩たちのように

えらい奴

じぶんの熱で
まわりをとかしながら
雪の下から出てくるという
ソリダネラよ
わたしはお前を知つた日から
じぶんの処世観が一変した
じぶんの力で
まわりの壁をこわしながら
明るい世界へ出ようとする
人間にならねばならぬと
自らを励まし
鞭うつようになつた
万巻の本より
万人の教より
おまえの自励発熱の
生きた生命現象が
わたしの心を揺り動かしたのだ
ソリダネラよ
おまえはえらい奴だ

※ソリダネラはシベリア地方に自生する
寒帯野草

光ヲ吸エ

光ヲ吸エ
朝ニ吸エ
タニ吸エ
体一パイ
力一パイ
日ノ光ヲ
月ノ光ヲ
星ノ光ヲ
吸イ込メ
果報無辺
究竟常楽
自浄其《ご》意

冬の子

冬の子は
冬の子らしく
冬を愛してゆこう
冬の雲
冬の花
冬の木
冬の鳥
すばるも冴えて
わたしの心もしまる

※すばるは星の名わたしの終《つい》の栖の星宿

一つのことに

この痩せたからだを
ただ一つのことについやしたい
多くのことはできないから
一つのことでこの世を終ろう

根　源

こんげん　こんげん
大地の底から湧いてくる水で
口を浄め顔を洗うこともなくなつた

こんげん　こんげん
深い井戸の水でたいた御飯を食べ
お茶を飲むこともなくなつた

こんげん　こんげん
茶碗に雪をかきあつめ天の味をたのしんだ
そういう時代もなくなつた

こんげん　こんげん
こん夜は大根のふろふきなりとつくつてもらい
ひとり盃をかたむけよう

もつこすの唄

十一をかしらに
乳飲み子をいれて
五人遺され
たいていの女なら
しよげこむところを
母のたちあがりは
見事だつた
七十三年の生涯は
立派だつた

母こそもつこすの
代表者だと
いばつて言うことができる
そしてその血を受けて
育つたわたしだ

痩せてはいるが
貧乏してはいるが
ちよつとやそつとで
へたばりはせぬ

鉄敷《かなしき》のように
たたかれどうしでも
そうやすやすと
よわねは吐かぬ

肥後のこんじよもんの
こころ意気見せろ

※もつこすは肥後の方言、一こくもの、一てつもの、反抗もの、がんこものなどの意をふくんでいる。

肥後モッコス

サカムラ・シンミンという
モッコス男が一匹

イヨの国にきて
えらい難儀をしたそうな
他抜きもなかという菓子さえある
イヨの国なんだ

ミヅカミ・リョウスケくん
きみにはこの気持が
わかってもらえそうだなあ

もずのこえをきくと
おまえも我々の仲間かと
呼びかけたくなる
なにも好きこのんで
叫んでいるのではない
あんまりへいこらへいこらする
人間が多くなると
ついかつとしてくるのだ
ムロハラ・トモユキさん
あなたはよく戦つたなあ

※ミズカミ・リヨウスケくんは
同郷の闘士・朝鮮時代からの良友
ムロハラ・トモユキさんは
蜂の巣砦で知られた阿蘇の闘将
現代モッコス男の代表者といってよい

頑固一徹

頑固こそ
わたしのたから
一徹こそ
わたしのいのち

笑われようと
馬鹿にされようと
じぶんの道を
行けるだけ行つて
この世を終ろう

ダルマ

お経一つ持たず
ぶらりと
武帝の前にやつてきた
ダルマ

不敵
倣慢
尊大
そう見えるか

反逆
自信
頑固
そう考えるか

人類四万年の
歴史のなかに
己れの体だけで
信仰を示した
この不世出の男の
奥に光る
実存の炎

それにしても
受け入れがたかつた
あの顔
あの目
ながいあいだの
わたしの抵抗

詩人真山民《しんざんみん》

真山民とわたしとを
結んでくれたのは
月であつた

仏海寺の疎林にかかる
月を仰ぎながら
わたしは彼のまぼろしを
いくたび見たことか

ある夜明けなどは
月に濡れたような姿で
わたしを呼んでいた

真山民の流《る》転流《る》ざんの運命が
時代をへだて国家を異にしながら
ふしぎにわたしと一致していた

真山民は歌う
　我が心もと月の如く
　月もまた我が心の如し　と
わたしは和して歌う
　我が心もと君の如く
　君もまた我が心の如し　と

きようもまた清夜である
真山民よ
いつかは君とならんで
月光を浴びながら
　心と月とふたつながら相照らし
　とこしなえに相尋ぬ　と
君の傑作「山中の月」を
高らかに吟じよう

幽独の詩人よ
わたしの来るのを
待つていたまえ

※真山民は宋時代の詩人
　真山民詩集一巻をのこす

三民

中江兆民
松崎天民

坂村真民《しんみん》
この三民を
天は
地上にくだした

反骨
自由
一徹
この三つを貫き通した三民

天国で会うか
地獄で会うか
それはわからぬが
そのうちわたしが
「三民酒」でもつくって
やってくるから
それまで待つていてくれ給え
その後の日本の乱調ぶりなど
痛飲しながら
大いに論じあおうではないか

親孝行花

上総《かづさ》茂原《もばら》の在所では
タンポポの花のことを
親孝行花ということだ
わたしは長男に生れながら
早くから家を離れ
独りになつた母親さえ養わず
ながい放浪と彷徨とを続けてきた
そんなわけで
せめてタンポポを愛して
タンポポ堂と名づけ
端坐斎戒して
朝夕冥福を祈りたい
酢のものの好きだつた
母上よ

酢買いにまいりましょう
たこの酢づけをつくりましょう

のどぼとけ

佛さまのような
お方だつたのでしょう
こんなりつぱな
のどぼとけは
なかなかないものですと
やきびとが言つたそうである

父ののどぼとけは
母がなくなるまで
三十六年間
わたしたちの佛さまだつた

わたしは毎日
夜の明けないうちに起きて
共同井戸へ水汲みに行き
死に目に会えなかつた
不孝を詫び
父ののどぼとけに
お水をあげた

あかりをともすと
のどぼとけは
うすももいろに光り
やさしかつた父の
おもかげがうかんできた

あゝ百日紅の花が咲いて
父の命日が近づいてくる

ねがい

銀杏の色づいた葉が
一せいに風に散る
あゝわたしもあのように
一切を脱落させたい

ダルマの目

体の弱いわたしは
冬が恐しかつた
冬と同じく
ダルマもこわかつた
ところが
恐ろしい冬が
恐ろしくなくなり
こわいダルマが
こわくなくなり
冷たい冬に
あたたかい愛を感じ
ギョロリとした
ダルマの目に
無限の慈愛が
こもつているのを
体で知るまでになつた

アインシュタインの目

世界を見つめる目
宇宙を見つめる目
人類を見つめる目
未来を見つめる目
底びかりのする目
ダルマのまなこに
対抗できる鋭い目

中勘助先生の目

差別や対立のない
澄んだしづかな目

美醜　善悪
苦楽　是非
一切を包容し
一切を融合する目

銀の匙の
愛のしづくの
したたるような目

※銀の匙は先生の名著

真珠に寄せて

真珠のなかに
わたしがある
わたしのなかに
真珠がある
真珠よ
真の一字縁によつて
わたしを守つてくれ

足の裏の美

わたしに足の裏の美しさを
知らせてくれたのは
印度の聖者であつた
わたしはその人の足に
額を当てて
いのちの交流を乞うた

チェーホフ

かなしいときは
チェーホフを読む
くるしいときは
チェーホフを読む
息がつまりそうなときは
チェーホフを読む
心がかわいたときは
チェーホフを読む
なにもかも投げだしたくなるときは
チェーホフを読む

ソーニャのことばや
イリーナのことばや
ニーナのことばを読んでいると
むねがしずまり
あらしがおさまり
眼に光が生れ
足に力がはいってくる

きょうもそんな日だったので
ワーニャ伯父さんを読んだ

ワーニャ伯父さん
生きていきましょうよ
辛抱づよく
じっとこらえて行きましょうね

そう言うソーニャのことばを読みながら
決して死なないぞという
強いものがわいてきた

生きてゆくことは大変だけれど
みんな生きているのだ
生きてゆこうとしているのだ
そんな声をきかせてくれる

チェーホフ
大きな声ではないけれど
やさしいあつたかい
あのチェーホフの声

遠い雲

あなたと歩いていると
もろもろのものが
相寄つてくる
山も鳥も
遠い雲までも
近づいてくる
天地一ぱいの
広々とした
豊かな心になつてくる

路

さびしい路をあるこう
一日じゆうあるいて
一人ぐらいにしか会わない
いなかの路をあるこう

裏町の
あわただしい路をあるこう
小さい港町の
夕ぐれの路をあるこう

もくせいの花が咲き出した
胸一ぱい吸うて
からだにしみこませてあるこう
返り花を見てあるこう
秋の澄んだ光を浴びてあるこう

野の路のすがしさ

山の路のわびしさ
それは人間をふかめてくれる
どんな孤独にも耐える
自己をつくつてくれる

ひとりの路をあるこう
じぶんの路をあるこう
まだ知らない路を
果てしない路を
ぐんぐんあるいてゆこう

朴《ほう》とタンポポ

わたしが一番好きなのは
朴とタンポポだ

一つは天上高く
枝を伸ばしてゆく
野の木であり
一つは地中深く
根をおろしてゆく
野の草だからである。

この天上的なものと
この地上的なものを
こよなく愛するがゆえに
願えることなら
この二つを
わたしの眠るかたわらに
植えてもらいたい

風ふけば
朴の花は
ほのかに匂い

タンポポの種は
訪れた人の胸にとまつて
わたしの心を

伝えるであろう

出合い

1

静かな山ふところの
ねむの木蔭などで
蝶とひよつこり出合うことがある
そんなときは
女人《にょにん》にでも出合つたような
心のたかまりを覚える
そしてそんな時ほど
東洋の輪廻《りんね》の思想というものが
こころ深く触れてくる時はない
あゝ
出合いの不思議さ！
それは年を経るにつれて
わたしに妙なる花を咲かせてくれる
一輪また一輪と

2

あたりには何の音もなく
石と石とのながい沈黙が
一層わたしをひとりにした
そのときどこからか一羽の蝶が
わたしの前にあらわれた
それは目の覚めるような
大きな美しい蝶であつた
とつさにわたしは
変身の佛説譚を思い出した
だれもいない山中で
わたしに会うため変身した人の
白い面影がうかんできた
空にはひとかけらの雲もなく
蝶とわたしとの二つの影だけが
重なり合うばかりであつた

一過

台風二十号が
すつかり小川を
きれいにした

障子を洗つている
母と子

岸べに咲く
おしろいぐさの花

やがて夏となれば

やがて夏となれば
焼かれてしまつた骨々が
ふたたびうめき出すのだ
あのドームのほとりの
ほたるのように
あかあかと光り出すのだ

やがて夏となれば
ちりぢりになつた亡霊が
ひとところにあつまり
ふたたび炎をもやすのだ
あの砂の上に咲いた
日まわりのように
かつかつと燃えだすのだ

やがて夏となれば
あの人はきまつて異常になり
死んだ夫をさがしまわり
子の名を呼びつづけるのだ
あの人の愛の狂いが
みんなみんなあの日の
一瞬の不幸からきていることを
わたしは知つている

やがて夏となれば
空の雲さえ
ビキニで死んだ魚の形をして
人間の悪を呪ってくるのだ

やがて夏となれば
やがて夏となれば
あゝ石ころまでが
怒りにみちてくる
それをわたしは
全世界の人々に
訴えつづけねばならぬ

ある年のある日のある時の
忘れることのできないうた

クリスマスの
たのしい夜がきても
わたしはきみたちのながい戦いを
忘れることはできない

正月の
おいしいごちそうを食べても
わたしはきみたちの烈しい憤りを
忘れることはできない

誕生日の
うつくしいおくりものをもらつても
わたしはきみたちの苦しい訴えを
忘れることはできない

平和を求め
独立を叫び
息たえていつたきみたち
倒れていつたきみたち

レンガのかどから
街の辻から
大通りの並木の蔭から
ジャングルのなかから
一挺の銃を打ちつづけ
死んでいつたきみたち

そのために
父をなくし
母をなくし
恋人をなくし
姉や妹たちまで
なくしていつたきみたち

かなしみを越え
愛さえも犠牲にして
若いいのちを
すてていつたきみたち

自由も
平和も
独立も
すべてはきみたちの
尊い死のうえに
うちたてられて咲く
花なのだ

エジプトの
ハンガリアの
アルゼリアの
ベトナムの
わかものたちよ
きみたちの最後のねがいを
わたしは決して忘れはしない
東にも西にも
南にも北にも
きみたちのあとをつぐ
わかものたちがいることを

きみたちの霊に告げよう
やすらかに眠りたまえ

わたしの詩

不条理な世に
生きるが故に
水爆の憤りに
燃ゆるが故に
世尊の念願に
和するが故に
私はいちずに
詩に愛着《あいじゃく》する

主体性

ぼくは阿呆と言われても歩く
路のべの花とことばをかわしたり
鳥のこえに耳をかたむけたりしたいからだ

ぼくは鈍行《どんこう》を好む
荒涼とした海岸の駅に
ひよいと下車したり
巨岩重なる渓流に
肌をひたしたりしたいからだ

ぼくの肩にはカメラもない
ぼくの腕には時計もない
ぼくはぼくの目でものを見
気のむくままに時を過したいからだ

人に使われる世界とも
もうすぐおさらばだ
あとはしたいことをして
死んでゆこう

坐忘

坐シテ年ヲ忘レヨ
坐シテ金ヲ忘レヨ
坐シテ己《おのれ》ヲ忘レヨ
坐シテ詩ヲ忘レヨ
坐シテ佛ヲ忘レヨ
坐シテ生ヲ忘レヨ
坐シテ死ヲ忘レヨ

わたしは墓のなかにはいない

わたしは墓のなかにはいない
わたしはいつもわたしの詩集のなかにいる
だからわたしに会いたいなら
わたしの詩集をひらいておくれ

わたしは墓を建てるつもりで
詩集を残しておくから
どうか幾冊かの本を
わたしと思うてくれ

妻よ　三人の子よ
法要もいらぬ
墓まいりもいらぬ
わたしは墓の下にはいないんだ

虫が鳴いていたら
それがわたしかも知れぬ

鳥が呼んでいたら
それがわたしかも知れぬ
魚が泳いでいたら
それがわたしかも知れぬ
花が咲いていたら
それがわたしかも知れぬ
蝶が舞うていたら
それがわたしかも知れぬ

わたしはいたるところに
いろいろな姿をして
とびまわつているのだ
墓のなかなどに
じつとしてはいないことを知つておくれ

海から海に立つ虹

今日この兄弟殺しの非行に毒された国にあつて、
われらは仏陀から一言の教を聞かんことを願う。
「一切衆生への慈悲が解脱への道である」と宣言
したそのひとから。

タゴール

※　未刊詩抄

リンリン

燐火のように
リンリンと
燃えていなければならない

鈴虫のように
リンリンと
訴えていなければならない

禅僧のように
リンリンと
鍛えていなければならない

梅花のように
リンリンと
冴えていなければならない

冬雷

かなしみをとりもどせ！
かなしみをとりもどせ！

けさの冬かみなりが
わたしに告げていったのは
このことであつた

ベトナムの女たちのかなしみ
ベトナムの子どもたちのかなしみ
このかなしみをわがかなしみとせよ

そうわたしの体をゆさぶり
わたしの耳目《じもく》を燃えたたせ
夜明けの天地をゆさぶり
冬かみなりは遠のいていつた

ベトナムの少女よ

収入は減つたのに
去年にもまして
税金がかかつてくる
体験をして始めて
政治というものの
実体にふれ
この国の歴史の
長い圧制と
庶民の貧困とに
今更ながらの
怒りに燃える

ベトナムの少女よ
お前の死に対して
わたしの悲しみが
集中しなかつた
その原因を許してくれ

起ちあがるお前の国と
倒れてゆくわたしの国との
大きなちがいを
ちかごろのように
知らされることはない

いくら祝日法改正案が
両議院を通過しても
今の日本のどこに
建国の精神があるか
まやくに
とばく
おしよくに
さつじん
山はくずされ
川はよごされ
神州清潔の民の
気概は消えた
ベトナムの少女よ

お前の行動の
百分の一でも
わたしにできるか
それがわたしを責める

佛教の国ベトナムは叫び
佛教の国ニホンは黙る
手もかそうとせぬ
いやそれどころか
武器弾薬さえ
作つているときく
そうした日本を
いかれ
さげすめ

白百合のような
その肌に
ガソリンをかけ
暴政に抗した
ベトナムの少女よ
わたしの花束を
受けてくれ
タンポポ堂の
タンポポの種よ
飛んでいつて
墓前に咲け

ね が い

ただ一つの
花を咲かせ
そして終る
この一年草の
一途さに触れて
生きよう

二度とない人生だから

二度とない人生だから
一輪の花にも
無限の愛を
そそいでゆこう
一羽の鳥の声にも
無心の耳を
かたむけてゆこう

二度とない人生だから
一匹のこおろぎでも
ふみころさないように
こころしてゆこう
どんなにか
よろこぶことだろう

二度とない人生だから
一ぺんでも多く
便りをしよう
返事は必らず
書くことにしよう

二度とない人生だから
まず一番身近な者たちに
できるだけのことをしよう
貧しいけれど
こころ豊かに接してゆこう

二度とない人生だから
つゆくさのつゆにも
めぐりあいのふしぎを思い
足をとどめてみつめてゆこう

二度とない人生だから
のぼる日しずむ日
まるい月かけてゆく月
四季それぞれの

星々の光にふれて
わがこころを
あらいきよめてゆこう

二度とない人生だから
戦争のない世の
実現に努力し
そういう詩を
一篇でも多く
作ってゆこう
わたしが死んだら
あとをついでくれる
若い人たちのために
この大願を
書きつゞけてゆこう

延命の願

私は延命の願《がん》をしました
　まず始めは啄木の年を越えることでした
それを越えることができた時
第二の願をしました
それは子規の年を越えることでした
それを越えた時
第三の願をしました
お父さん
あなたの年齢を越えることでした
それは私の必死の願いでした
ところがそれも越えることができたのです
では第四の願は?
それはお母さん
あなたのお年に達することです
もしそれも越えることができたら
最後の願をしたいのです
それは世尊と同じ齢まで生きたいことです

これ以上決して願はかけませんからお守り下さい

※啄木二十七、子規三十六、父四十二
母七十三、世尊八十。

沈　黙

沈黙は
現代最大の罪悪だ

耳に手をあてるな
目に覆いをするな
心のふたをとれ

そしてつねに
ヒロシマのドームに
耳を目を心を
押しつけ結びつけ
自分を社会を世界を

見直し考え直し
こえを合せて叫べ

そこからはじめて
正しい力が出てくるだろう
地球上にかってない混乱が
到来しようとするとき

沈黙は
人間最大の罪悪だ

コツン

このコツンが大事だ
このコツンが出るまでが一苦労だ
禅が好きなのは
このコツンがあるからだ
禅僧の書には

このコツンがある
このコツンが
詩にあるいは字に出てくるまで
おのれの骨をけずつてゆくのだ

税金

法律というものは
骨身にしまない連中が
いつもこしらえて
おしつけるものだ

税金などとくにそうだ
ことしは収入が激減したのに
税金だけは激増し
市民税など一万数千円もふえ
来年はその二倍になるという

運のわるい奴は
いつも貧乏くじをひかされ
退職金減税案も
ことしはなんの役にもたたぬ

日本人はお上のなさることには
だまつてろ
だまつてろ
言うたら損やと
長いあいだの悪政のため
骨の髄までいためられ
それがいまも為政者を
いばらせている

庶民のための政治なんて
あつたためしはないが
いつそんな時代がくるのか
おとなりの中国がうらやましい

李徴と真民

李徴は虎となり
真民は蒲公英となる
かれは
月明に吼え

われは
路傍に歌う

いづれも
詩人のなれの果て

悲しむ者は
悲しみ給え

笑う者は
笑い給え

歳月極まりなく
流水また終りなし

噫々
空また空
寂また寂

天なり
命なり

テンワレヲステサルトモ

テンワレヲ
ステサルトモ
チチハハハ
ステタマハズ
イクニンカノヒト
マタステタマハズ

ソレユエ
ワレハイクルナリ

山上の墓

これが
たばこになる
たばこ草

これが
そばになる
そばの花

これが
おとうふになる
大豆《だいづ》

そんなことを
東京からきた
幼ない姪に教えながら
山上の墓にまいる
遠くに
雲仙岳がそびえ
有明海が光る

十年ぶりにきた
父母と茜の墓

ふるさとの木《こ》の葉の駅

この駅で
いつも母が待つていてくれた
駅には赤いカンナの花が咲き
車窓にそれが近々と迫つてきた

母のいないさびしい駅を
わたしは息をのんで過ぎていつた

主人貧しきも

タンポポ堂にて

主人貧しきも
鶯来鳴き
春の戸ひらく

主人貧しきも
月照り
ひかり堂に満つ

主人貧しきも
石笛吹けば
天女舞う

主人貧しきも
タンポポ咲いて
種十方に飛ぶ

おむすび

たきたてのごはんのおむすびのうまさ
ひとつぶひとつぶがひかりかがやいて
こころやさしいひとのりようてで
かたくもなくやわらかくもなく
うつすらしおけをふくんでにぎられた
おむすびのおいしさ
むすびあうというそのなのよさ

すいか

すいかよ

おまえはすてきだ
あたりを明るくさせ
みんなを楽しくさせ
どんなに貧しくても
笑つて生きてゆく
うぶな美しさを
内にも外にも持つている

七字のうた

よわねをはくな
くよくよするな
なきごというな
うしろをむくな

ひとつをねがい
ひとつをしとげ
はなをさかせよ
よいみをむすべ

すずめはすずめ
やなぎはやなぎ
まつにまつかぜ
ばらにばらのか

火をともせ火をもやせ

火をともせ
火をもやせ
自分で自分を燃やすのだ
自分にあかりをつけるのだ

なぜ散りゆく木の葉が
あんなにおのれを美しく染めるのか
そのことを考えて
自分を一層みがくのだ

イエスよ
シャカよ
火がつかなかつたら
火をつけておくれ
小さい火だつたら
大きな火にしておくれ

本　気

本気になると
世界が変つてくる
自分が変つてくる

変つてこなかつたら
まだ本気になつてない証拠だ

本気な恋
本気な仕事
あ、
人間一度
こいつを
つかまんことには

ひとりひそかに

深海の真珠のように
ひとりひそかに
じぶんをつくつてゆこう

石のかげ

ルナー9号が写して送つた
月面の石の

小さい小さい影

あゝと息をのむ思いで
じつとテレビを見つめ
生きていてこの幸《さち》に
会うことのよろこびを
そつとその影に
よびかける

家

タンポポよ
路のべに好んで咲く
お前たちが
よろこんでとんでくる
そんな家でありたい
とてもこれはと
はずかしがつて
にげさつてゆく
そんな構えの家は
ぼくもごめんだよ

呼応

呼応こそ
わが詩の骨髄
わが詩の生命
すばるよ
タンポポ堂の
真上にまたたけ

願心

念仏に痩せた
空也一遍の後を

わたしも詩に痩せ
ついてゆこう
捨て果てた
体だけれど
願心だけは
燐火のように燃えて
流星群のなかに
消えてゆこう

海から海に立つ虹

わたくしが
この世を去つたのちも
こんな美しい大きい虹が
海から海に
いくたびか立つであろう
そしてそれを見た幾人かが
人の世を美しくするため
自分を捧げようと
思いたつだろう
虹の呼びかけに応える人が
出てくるだろう
わたくしは
自然が示す
真意の深さに打たれ
更に覚悟を新たにした

その名を呼べ

その名を呼べ
その名を呼べ
あさ目の覚めたとき
よる寝床にはいるとき
こころをこめて
その名を呼べ

その名を呼べ
その名を呼べ
夕ぐれの道で
朝日の道で
ひとみをあげて
その名を呼べ

その名を呼べ
その名を呼べ
山のいただきで
海のうえで
こえをかぎりに
その名を呼べ

その名を呼べ
その名を呼べ
火ばちに火のおこるとき
胸の火のきえゆくとき
おもいをこめて
その名を呼べ

その名を呼べ
その名を呼べ
月がのぼるとき
日がしずむとき
ひかりにわが身を染めて
その名を呼べ

その名を呼べ
その名を呼べ
こおろぎとともに
なくせみとともに
こえをあわせて
その名を呼べ

その名を呼べ
その名を呼べ
耐えがたい日のべつどで

ありがたい日の食卓で
両手を合せて
その名を呼べ

よびあい
たすけあう
せかいの実現が
わたしのねがい

詩は万法の根源である

詩は万法の
根源である

一枚の葉にも
数千言の詩がしるされ
一個の石にも
数万年の歴史が綴られている

詩は
宗教にも
哲学にも
科学にも
先行し
宇宙の根源となつて
日月のように
回転し
啓示する
詩はもはや
文人墨客の
風流韻事ではなく
万法の根源となつて
全人類の絶滅を来たす
核戦争に抗議し
世界の平和と
人類の幸福とを
かちとるための武器となつた

高い空からの声をきけ
深い海からの声をきけ

生きとし生けるものが
人間に呼びかけてくる
あの純粋の声をきけ

詩は万法の
根源である

後　記

四国の片隅で詩をつくっている私に、こんな幸運が舞い込んでこようとは、夢にも思わなかったことである。まったくこれは仏縁詩縁《ぶつえんしえん》の賜《たまもの》である。自分の力でそうなったのでは決してない。おん守りなのである。おん導きなのである。これは、ことばを飾って言っているのでは決してなく、その時のわたしの実感なのである。むろん詩に一切を投げ捨てて、これに生き、これに死のうと念じて励んできたとは云え、個人の力には限界があり、熱心になればなるほど、自分のみじめさがはっきりとわかってきて、今のわたしが力と頼むのは延命だけとなった。せめて一時間でも、一日でも、一年でも長く生きて、一篇でも多くつくるよりほかにないということである。しかしこれも一切無常、いつどうなるかわからない。そんなことを考え、自選詩集を編んでおこうと思いたった。それは既刊十二冊がすべて自費限定版なので、全部揃えて持っている人はごく少数であり、最近とくに既刊詩集を要望される人が多くなったため、森信三先生からのおすすめもあり、一度合本にしておこうと思っていた。ところが手がけてみると、これは大変であった。到底わたし個人の力で出来るものではないことがわかり、自選の形にして一応まとめてみることにした。

こうした私の念願が天に通じ、岩野夫人の手紙となったのであろうと思っている。

わたくしはまた更に思いをひろげて、父の霊母の霊が加わり、早世童女茜の霊が加わり、ここにいたらしめたとも思っている。また更に、わたしをつねに見守り下さっていられる杉村春苔尼先生を始めとして、私のことを念じていて下さる所縁の方々のおん思いが、加わり重なり、ここにこうして一つの本が誕生しようとしているのだと思っている。

わたしは二十歳の時、岡野直七郎師の主宰する「蒼穹《そうきゅう》」に入会し、一途に短歌に魂を打ち込んできた。一兵卒として召集を受け、きびしい訓練を受けている間も欠詠したことはなかった。そしてその間、「与謝野寛評伝」を書いたり、明治新派和歌の研究に専念しようとしたりした。こうした歌歴を持つわたしが、どうして個人詩誌「ペルソナ」（現在詩国）を創刊し、詩に転じたかというと、それは

しな照る、片岡山に、飯《いひ》に飢《ゑ》て寝臥《こや》せる。その旅人《たびと》あはれ、親なしに、汝《な》れ成りけめや。さすたけの主君《きみ》はや無き。飯《いひ》に飢《ゑ》て、寝臥《こや》せる。その旅人《たびと》あはれ

と歌われた、いかるがの太子のうたが、わたしの目をひらき、心の扉をあけさせてくれたからであった。この歌は、そのころの私の年と同じく、太子四十歳であったということ

も、ふしぎなつながりであった。したがってわたしの詩の系譜は、源流を日本書紀所載の太子歌片岡山と、万葉集所載の太子歌竹原の井《ゐ》の歌に発しているのであって、近代詩人のそれとは、いささか違ったものを持っているのである。私と仏教とのつながり、私と詩とのつながりが、この非人乞食《ひにんこつじき》に寄せられた歌だったことを思うにつれ、わたくしはつねにここに帰り、ここに自分の詩の一切があるのだと言いきかせ、停滞をすれば、またここにさかのぼってゆくのである。

わたしは国語を教えて生計をたててきたし、それを誇りともし、生き甲斐ともしてきた。紀記万葉以来の詩人たちを生んだ日本という国のうるわしさ、そんなものを肌身にしみて感じ、自分もその中の一人として生を終ることができればと、念じてきたのであって、極言すれば、私の詩風の根底を流れているものは、近代詩とはあまり関係がないかも知れない。しかし、そうした私が、この人はと思った詩人に中勘助先生がある。森信三先生が、私の詩の系譜を中先生の流れにあるのではなかろうかと言って下さったことに対して、その慧眼《けいがん》に驚きもし、感激もしたのであるが、もし許されるならば、先生にそう告げて、入門を乞いたい最大のお方であった。八木重吉氏には会わずじまいだが、私の畏敬してやまない杉村春苔尼先生が、まだ娘時代親交のあった詩人だけに、私は私なりに氏から、その一途な生き方の美しさ、きびしさをつねに教えられ、今もなお敬慕しやまない詩人である。

西洋の詩人ではリルケに傾倒したが、この詩人に近づくことは容易ならぬものがあり、彼のこえがじかに私の耳に、あられのようにひびいてくるのはいつのことであろうか。相似しているかのごとく思えた詩人であったが、どうしてどうして私の如き者がたやすく接近することのできない深淵を背負うている、たぐいまれな詩人である。

そんなわけで、詩においては、私には直接の師匠はないのである。だから私の詩はあくまで私のものであって、だれにも左右されず今日まで自分の道を進むことができたのは、却って幸せだったとも言えよう。

森信三先生に序文をお願いしたのは、先生にめぐり会わなかったら、到底今の私になり得なかったと思っているからである。先生は私に一本の強い固い筋金を打ち込んで下さった稀有な真人《しんじん》である。かつて禅に参じたりなどしたものの、まだまだ本ものではなかった。それは私自身が一番よく知っていた。ふらふら腰で詩の道を歩いていたのである。そうした私に一大痛言を与えて腰骨を立てて下さったのが先生であった。詩の一道を進む決定《けつじょう》心《しん》は先生から頂いたのである。先生なくして今の私はないので、先生の序文を乞い、先生の灯りで、私の新しい出発を誘導してもらいたかったのである。先生は今、森信三全集二十五巻刊行の寸暇なき御多忙のあけくれのなかであるにもかかわらず、一切の仕事をやめ、潔斎端坐して書いて下さったと言う。天にとおり、地にひびく文とはかかるものを言うのであろうか。過褒のおことば、まことに身にあまるものがあり、御期待にそわない詩篇のあまりに多きを恥ずるのであるが、せめて今後一層詩魂をみがき、第二自選詩集を編む折もあらば、その時こそ先生のおことばにおこたえできる幾篇かの詩を作るよう精進を続けたい。

装幀は利根《とね》白泉《はくせん》先生にお願いした。先生に接して十幾年、私は日本に今、高士隠士と称する方があるとすれば、この人をもって第一としなければならぬと思っている。先生は若き日、中国チベット蒙古はもちろん、インド、ネパール一帯をあるきまわり、北はシベリヤを経てアラスカ、南はパキスタンを経てアフリカにまで、その足跡を印し、野草薬草をしらべもとめて、山間奥地を跋渉した人だから、ただの隠士《いんし》ではない。先生はどうした生計で生きているか未だに私は知らない。それでいて、その生き方の清廉《せいれん》なる、その識見の高邁《こうまい》なる、衆生無辺度《しゅじょうむへんど》の烈々《れつれつ》たる、まことに古今にもあまりその例を見ない御存在といってよい。しかも身は市井《しせい》の一隅にあって、維摩《ゆいま》の方丈にも劣らぬ救世《ぐせ》の世界を現出していられるのである。

岩野喜久代さまとの所縁は、仏縁と詩縁とが二つ重なっていることが、何よりありがたいのである。遠きにそれを求めるならば、私が二十代を終る記念として書き出版した「与謝野寛評伝」にまでさかのぼってゆかねばならないだろう。なんとなれば岩野夫人は、与謝野晶子の薫陶《くんとう》を受けられた方であり、現在歌誌「浅間嶺」を主宰して、その宣揚《せんよう》と継承に力を注いでいられるからである。だがこのような詩歌の縁だけであったら、このたびのような知遇《ちぐう》にはあずからなかったと思う。まことに仏縁というものは尊いものである。世尊にゆかりのふかい印度《いんど》の石を下さったのも夫人だったし、ブツダガヤの大菩提樹《だいぼだいじゅ》の実で数珠《じゅず》をつくり、印度に行けない私にお送り下さったのも夫人だったし、とくに最近はいくたびかの手紙を通して、仏母のように何くれとなく教え導いて下さり、さらに今回のような詩集出版の一大発願《ほつがん》をして下さり、仏書出版書肆《しょし》として、その名を海彼《かいひ》に知られた大東出版社から出して下さる大恩は、あの世へ行っても忘れることのできないものがある。

一寸先は闇の夜ならじ光りなり
かかるお便りをいただきて思ふ

これは十月十九日、夫人からいただいた一通の手紙の光りを歌ったものである。あの日から私の世界が変った感さえする。

なお一徹な私を助けて、貧苦のなかに黙々と働いてきた妻にも、心から感謝の意を述べておこう。また三人の子供たちには、先づ一本を贈って、父のただ一つの土産としよう。

最後に私の拙ない詩集を点訳して、光を失った人々のために、無償の奉仕をして下さった、清家直子さん、下沢幸子さん、植木照子さん、松田薫さん、柳田静江さま、それにタンポポ点訳奉仕団の方々に厚くお礼を申上げたい。

昭和四十一年　勤労感謝日の未明

仏海寺山下タンポポ堂にて　　真　民

あとがき　「真民詩の根源」――新装版刊行に寄せて――

仏島四国の涼しい風は、敗戦・引き揚げ、そして職を求めて郷里の熊本から愛媛へと海を渡った真民一家をやさしく迎えてくれました。しかしこの時期、父は生きることに一番苦しんでいたのです。

青春をかけた「短歌」から「詩」の世界へと魂の火を点じたのは、父四十歳の春でした。真の人間として生きんがため、坐に専念するようになり個から衆への開眼、そして一遍上人の後を継ごうと賦算《ふさん》詩誌『詠国』の発刊に至り、白道とも言える一本の道が定まりました。詩心決定までの魂の軌跡が、一年に一冊ずつ自費でわずかな部数出版を続けた十数冊の詩集に残されました。

これをひとつにまとめたいという願いは、貧しい一個人の力では叶わずあきらめかけたとき、涌出《ゆうしゅつ》の菩薩《ぼさつ》のように手を差し伸べて下さったのが、大東出版社社主夫人の岩野喜久代様でした。こうして真民詩さらに言えば真民自身の根源とも言える『自選　坂村真民詩集』が世に出たのです。九十七歳で没するまで、父は何時も初心を忘れず初心に帰り自己を律し続けました。

詩集は静かにゆっくりと、けれど確実に拡がってゆきました。しかし五十年が過ぎ、その存続の火が消えようとした正にその時、第二の涌出の菩薩のように現れたのが、致知出版社社長・藤尾秀昭様です。「守られている」と実感した瞬間でした。

ご多忙の中、まえがきをお引き受け下さいました円覚寺派管長・横田南嶺様、出版の労をとって下さいました致知出版社の皆様に、亡き父と共に心から感謝の気持ちと御礼の言葉を述べさせていただきます。本当にありがとうございました。

新装になった『自選　坂村真民詩集』が、人々の生きる力となり、日本中へさらに世界へとタンポポの種のように飛んでゆくことを願ってやみません。

真民没後十年目の冬を前に

西澤真美子

■坂村真民記念館のご案内
〒791・2132　愛媛県砥部町大南705　電話：089・969・3643
http://www.shinmin-museum.jp/

目次

目次

目　次

目　次

〈著者略歴〉

坂村真民（さかむら・しんみん）

明治42年熊本県生まれ。昭和6年神宮皇學館（現・皇學館大学）卒業。22歳熊本で小学校教員になる。25歳で朝鮮に渡ると現地で教員を続け、2回目の召集中に終戦を迎える。21年から愛媛県で高校教師を務め、65歳で退職。37年、53歳で月刊個人詩誌『詩国』を創刊。18年97歳で永眠。仏教伝道文化賞、愛媛県功労賞、熊本県近代文化功労者賞受賞。著書に『坂村真民一日一言』『詩人の颯声《さっせい》を聴く』など多数。講演録CDに『こんにち ただいま』がある（いずれも致知出版社）。

自選　坂村真民詩集

平成二十八年十二月十一日第一刷発行
令和四年九月三十日第二刷発行

著　者　坂村　真民
発行者　藤尾　秀昭
発行所　致知出版社
〒150-0001東京都渋谷区神宮前四の二十四の九
TEL（〇三）三七九六―二一一一
印刷　㈱ディグ　製本　難波製本

ISBN978-4-8009-1131-5 C0095
ホームページ　http://www.chichi.co.jp
Eメール　books@chichi.co.jp